夏目漱石の作品研究

陳 明 順

지식과교양

序

　漱石の作品や文章に現れている禅的思想の表現は多いが、その量的なことより、漱石自身の禅の境地がどのような深まりを持っていたのか、また禅が彼の文学に及ぼした影響はどのようなものであったのかに関して、漱石の諸作品をめぐって探究することにする。それにあたってこの本では、その様々な作品の背景を考察することにおいて漱石の漢詩をはじめをかれの文章を中心に述べようとする。

　漱石には二百余首の漢詩と多數の小説がある。彼の思想の表現の中心は詩である。が、一方、漱石の漢詩にはほとんど題が無い。これは発表の意図なしに内面を素直に表現したものとして漱石文学の中の最も純粋なものであり、真の漱石の思想を探るのに重要な位置にあるものとして指摘したいのである。

　漢詩は少年時代から死の直前まで作っているということから見ると、漢詩こそ漱石の生涯と作品の思想を理解する重要な手がかりになると思われる。即ち、漢詩を無視して漱石の文学を見極めることはできない。漢詩は、漱石にとって鎮魂歌であり、心の奥深く練られたものの表現であると思うのである。漢詩の題材は、旅行、景観、道教、儒教、そして禅に対するものなどがあるが、本論では、

　その中で禅的な内容のもの、特に漱石の公案の一つである「本来面目」に注目して、晩年の思想である「則天去私」にいたるまで、漱石の禅的境地を探りたいと思う。

　生死の問題を超越した解脱境を詠じるのが真の詩であることを漱石は常に意識していたのであろう。特に晩年においては、良寛の高逸な禅観に引かれ、一層禅への参究に精進したことが歴々と表われている。「人生」とはどこから来てどこへ去るのか、という漱石の生涯にわたるこの大問題が、良寛の詩、「我生何処来、去而何処之……」[1]の句と一致しているところからも、漱石が若年の頃からいかに良寛に傾倒していたかが推測できる。こういう漱石の晩年の詩は、法理の妙諦を一つ一つ探りながら、禅的思索者、求道者としての真剣な態度で、禅定をもって禅境を遺憾なく表わしている。

　漱石の作品がこのように、俗念から超越して絶対境を表現しようとしたものであることを理解するためには、漱石の思想である禅旨を解しなければならないのであろう。

2017.12.

草山 陳明順

----

1) 入矢義高『良寛』、「日本の禅語録」二十、講談社、昭和五十三年、七頁。

目次

夏目漱石の作品研究

夏目漱石の作品に表れている 「牛」と「十牛図」の関わり

1. はじめに

　夏目漱石はかつて漢文の学習をしながら仏教、禅に関心をもつことになり、二十代には実際に鎌倉の禅寺まで尋ねて参禅の経験もする。以後、漱石は悟りに対しての念願を抱いて修行精進を続けている。このような晩年までつづけられている漱石の禅への心持、悟りへの願いに関して一例としては、1916年(大正5年)11月の初め、漱石山房における木曜会の席上での宗教的問答からわかることができる。松岡譲、芥川竜之介、久米正雄と大学生一人などと交している宗教的問答で「いったい人間といふものは、相当修行をつめば、精神的にその辺まで到達することはどうやら出来るが、しかし肉体の法則が中々精神的の悟りの全部を容易に実現してくれない。」[1]といって漱石は

---

1) 松岡譲(1934)『漱石先生』「宗教的問答」岩波書店 p. 102

当時悟りに対する確固たる信念を表し、悟りは人生にとって一番高い態度として修行すべきことであると述べている。そして一生願っていた禅の道理の解得過程を彼の文章に表現しつつ、晩年になっては漢詩に重点的に表している。

　漱石の小説、詩、日記等、文学作品に用いられている言葉のなかには仏教をはじめ漢文の緒経典等が様々な広がりを持っている。特に漢詩などに現れた語彙には禅と関連している語、発想が多数見つけられる。ここではそうした側面、言い換えれば漱石の禅的思想とのかかわりに注目しながらその言葉の一つである鉄牛と白牛などとが表現されている「牛」に焦点を合わせて察しようとと思う。またこれと共に「牛」を主題にして描かれている「十牛図」についてそれとの関連も研究する。漱石が使っている鉄牛と白牛とは仏教の禅の世界では知られている言葉であるが、ただの牛という一般的な概念と意味しては理解しにくい言葉であるかも知れない。禅界で使われている言葉は俗界ではそのもの自体が納得しにくい語で表現されている場合が多いからである。それには悟りの道に至るための方法として、また悟りに喩える手段としてなど、様々な形態で比喩しているもので禅の修行の公案としてよく表れている。漱石はこういう仏教、禅の言葉を自分の文章に取り入れて折々の心境を表現しているので、ここではその中でも「牛」という言葉をどういう意味合いと意図で用いているか、また「十牛図」とはどういう関わりをもっているかについて考察して見ることにする。そして漱石の禅への関心と修行精進については『漱石漢詩と禅の思想』(陳明順(1997))に触れているのでこの論では論題に注意したいと思う。以下の漢詩読みは吉川幸次郎の『漱石

詩注』²⁾と中村宏の『漱石漢詩の世界』³⁾による。

2. 牛の意味合いと根拠

　漱石は1908年(明治41年)に「『鶏頭』の序」で、禅についての経験と感想を述べている。これには「禅坊主の書いた法語とか語録とか云うものを見ると魚が木に登ったり牛が水底をあるいたり怪しからん事許りであるうちに、一貫して斯う云う事がある。着衣喫飯の主人公たる我は何物ぞと考え考えて煎じ詰めてくると、仕舞には、自分と世界との障壁がなくなって天地が一枚で出来た様な虚霊皎潔な心持になる。」⁴⁾といって禅のことと共に牛が登場している。これは漱石が昔し鎌倉の宗演和尚に参して「父母未生以前本来の面目はなんだ」と聞かれてからの参禅の経験として書いたものであるからその意味がただの牛ではあるまい。そしてこの「水底をあるく牛」というのが「自分は元来生まれたのでもなかつた。又死ぬものでもなかつた。増しもせぬ、減りもせぬ(「是諸法空相、不生不滅、不垢不淨、不増不減)」という「般若心経」の意趣とともに取り入れていることからみると、この牛は普段人間の生活の中で一般的に見られる牛ではない仏教で言われる公案または法語として、理解しにくい牛の様子であるので禅の世界での理解が要求されると思う。したがってこの論で注意したいの

2)　吉川幸次郎(1967)『漱石詩注』岩波新書 p. 34
3)　中村　宏(1983)『漱石漢詩の世界』第一書房 p. 42
4)　夏目漱石(1966)『漱石全集』第11巻「『鶏頭』の序」岩波書店 p. 550

はまず漱石がどういう心境で文章に牛を用いているかについてである。漱石はかつて青年時代に書いた漢詩に牛を用いている。拙著[5]に触れたことがあるがまず牛を注目して漢詩のなかでしらべてみると1895年(明治28年)5月28日「無題」の四首の中の一首をあげることができる。

　　　無　題

　　鴛才恰好臥山隈　　　鴛才は恰かも好ろし山隈に臥するに
　　夙託功名投火灰　　　夙に功名を託して火灰に投ず
　　心似鉄牛鞭不動　　　心は鉄牛に似て鞭うつも動かず
　　憂如梅雨去還来　　　憂いは梅雨の如く去って還た来たる
　　青天独解詩人憤　　　青天　独り解す詩人の憤り
　　白眼空招俗士咍　　　白眼　空しく招く俗士の咍い
　　日暮蚊軍将満室　　　日暮　蚊軍　将に室に満ちんとし
　　起揮紈扇対崔嵬　　　起ちて紈扇を揮って崔嵬に対す

　この詩で、自分の心中に功名を求めようとする念があるが、超俗の心になって世間の功名の念を超克するという意趣をもっている。そして第三句に「心似鉄牛鞭不動」といって心の本体は「鉄牛」のようにいくら鞭打っても毫も動かないが、煩悩妄想は去ったり起こったりして、完全に消滅しないことであると作っている。この「鉄牛」の典拠は『碧巌録』の第六十九則、「南泉一円相」の中から見出される。「祖師

5) 陳明順(1997)『漱石漢詩と禅の思想』勉誠社 p. 52

心印。状似鉄牛之機。透荊棘林。衲僧家。如紅爐上一点雪。(祖師の心印、状鉄牛の機に似たり。荊棘林を透る。衲僧家、紅爐上一点の雪の如し。)[6]といっている。これの解説として山田無文は「祖師の心印、証拠された悟りというものは、状鉄牛の機に似ているという意で、体は不動であり、用自在な大機用である。したがって、心印の喩えとしての鉄牛それ自体は、動きもしなければ働きもないが、無相の仏心印の形容を表わしていると説いている。体と相と用としっくり溶け合って、そこに少しの区別もあらわさないという大意を説いている。」[7]と書いている。常識的で判断することのできない、論理議論を超越した心の本体の境、真の自己を表わす言葉として鉄牛は、言語と形を超える絶対の境地を表わす語でよく用いられている。このような鉄牛の意趣を生かして漱石は不変の真心、分別妄想が無い直心の意味として心の本体、真我つまり真の自己を指すことに喩え引いていると思う。

　漱石はこの詩の以後、鉄牛を小説『吾輩は猫である』の中にも用いている。床の間の前で碁盤を中に据えた迷亭君と独仙君と、東風君、迷亭君、苦沙弥君が一緒に座って話を交わす場面である。独仙君が「だから応無所住而生其心と云うのは大事な言葉だ、そう云う境界に至らんと人間は苦しくてならん」と、しきりに独り悟ったようなことをいう。これについでまたお金を借りる問題をめぐって、

　　「金を借りるときには何の気なしに借りるが、返す時にはみんな心

---

6) 朝比奈宗源訳注(1967)『碧巌録』中 岩波書店 p. 302
7) 山田無文(1986)『碧巌録全提唱』第4巻 財団法人禅文化研究所 p. 359

配するのと同じ事さ」とこんな時にすぐ返事の出来るのは迷亭君である。「借りた金を返す事を考えないものは幸福であるごとく、死ぬ事を苦にせんものは幸福さ」と独仙君は超然として出世間的である。「君のように云うとつまり図太いのが悟ったのだね」「そうさ、禅語に鉄牛面の鉄牛心、牛鉄面の牛鉄心と云うのがある」「そうして君はその標本と云う訳かね」[8]

といっている。このように仏教経典に出ている「応無所住而生其心」「出世間」などを並べてから「鉄牛面の鉄牛心、牛鉄面の牛鉄心」を挙げている。小説の内容から観るとこれには禅境でいっているよりただの言葉として用いているようである。また漱石は鉄牛以外に白牛、黄牛なども文章に使っているので牛の根據に関して調べることにする。

　まず、このように仏教でいう牛の根據としてはまず禅の修行を現したものの一つとして有名な廓庵師遠禅師[9]の「十牛図」[10]を挙げるこ

---

8)『吾輩は猫である』『漱石全集』前掲書 第1巻 p. 503

9) 中村元外編(1989)『仏教辭典』岩波書店 p. 391
　「十牛図」の作者廓庵師遠禅師は、大隨元靜禅師(1065~1135)の法嗣で、臨済禅師より第十二代目の法孫であるというだけで、生年寂年はじめその伝記ははっきりしていない。「十牛図」は十枚の図のおのおのにまず廓庵禅師が「頌」をつけ、その後その弟子慈遠(一説では廓庵自身とも廓庵の友人とも云われる)が「總序」と頌の一つ一つに「小序」をつけたものと云われている。
　十牛図は一種類ではない。普明禅師の「牧牛図」など幾つかある。
　普明禅師の牧牛図は明代以降の中国や朝鮮半島で普及していた。日本においては室町時代以降臨済宗楊岐派に属する廓庵禅師が作った十牛図が最も有名である。

10)「十牛図」。ここで牛は人の心の象徴とされる。またあるいは、牛を悟り、童子を修行者と見立てる。
　尋牛(じんぎゅう)－ 牛を捜そうと志すこと。悟りを探すがどこにいるかわからず

とができる。牛を仏教修行者の心に比喩して見性にいたる過程を簡明に描寫したもので一人の童子が牛を探し求めて歩きまわっている物語である。

　「十牛図」には中国の禅宗において「本来の面目（真の自己）」を牛になぞらえて禅の修行と悟りの境地を「逃げだした牛を連れ戻し飼いならす修行の過程」として十段階に分けて分かり易く描いて説明している。これの「十牛図」には禅の悟りにいたる道筋を牛を主題として画かれているので「十牛禅図」ともいわれている。

　繪に画かれているその牛は黒の牛から修行の段階によって段々白牛に変わっていく過程を表現されていたもので世間の煩悩から脱して悟りを求めるまでのを喩えている。自己の中の真の自己、本来の面目を牛に譬て、童子はその牛を探し求め、捕まえ、馴らし、遂に真の

途方にくれた姿を表す。

見跡（けんせき）- 牛の足跡を見出すこと。足跡とは経典や古人の公案の類を意味する。見牛（けんぎゅう）- 牛の姿をかいまみること。優れた師に出会い「悟り」が少しばかり見えた状態。

得牛（とくぎゅう）- づくで牛をつかまえること。何とか悟りの実態を得たものの、いまだ自分のものになっていない姿。

牧牛（ぼくぎゅう）- 牛をてなづけること。悟りを自分のものにするための修行を表す。牛も段々白くなっていく。

騎牛帰家（きぎゅうきか）- 牛の背に乗り家へむかうこと。悟りがようやく得られて世間に戻る姿。忘牛存人（ぼうぎゅうぞんにん）-家にもどり牛のことも忘れること。悟りは逃げたのではなく修行者の中にあることに気づく。

人牛俱忘（にんぎゅうぐぼう）-すべてが忘れさられ、無に帰一すること。悟りを得た修行者も特別な存在ではなく本来の自然な姿に気づく。

返本還源（へんぽんげんげん）-原初の自然の美しさがあらわれてくること。悟りとはこのような自然の中にあることを表す。

入鄽垂手（にってんすいしゅ）-まちへ悟りを得た修行者（童子から布袋和尚の姿になっている）が街へ出て、別の童子と遊ぶ姿を描き人を導くことを表す。

自己を求め得る修行の道程を具象的に明示している。

「十牛図」の最初の繪では牛を探しに出かける。そして牛の足跡を見つける。次に牛の一部、頭を見つける。遂に牛全体をみつけそれを捕らえる。そして捕らえて牛を飼い慣らすのが五番目の繪で牛は白くなる。各段階が一つの悟りの段階になっており、段階的に真の自己を見つけることによって修行を進めて行くことを表現している。六番目の繪では牛の背中にのって笛なんぞを吹きながら家に帰えってゆく。完全に牛を自分のものにしたといったところであろう。七番目、牛も忘れて家に帰ってきてまだ修行者として絶えず精進すべきことである。そして八番目の繪は何も描かれていなく丸い円だけある。九番目の繪は花咲く木と河が描かれ、最後の繪には荷物をかついで山から下りてくる人が描かれているのである。

では、「十牛図」になぜ牛が真の自己の象徴として用いられているか。これについてその根據としてつぎのような故事から考えられる。大安禅師[11]が師である百丈懐海[12]にした質問の内容からである。

　　大安　「私は仏を知りたいと心から願っています。仏とは何ですか？」

　　百丈　「それは、牛に騎っていながら牛を探すようなものだ。」

　　大安　「そうと分かったら、その後はどうなるのですか？」

　　百丈　「人が牛に騎って、家に帰るようなものだ。」

---

11) 大安頼安(だいあんらいあん)(793~883) 百丈懐海の法嗣。

12) 百丈懐海禅師(720~814) 唐の禅僧、馬祖道一禅師(709~788)の弟子でありながら黄檗希運禅師(？~850)の師である。

　　大安　「まだよく分かりません。悟ったらそれをどのように守り、
　　　　　保って行けば良いのですか？」
　　百丈　「牛飼いが、牛が他人の苗を食い荒らさないように杖を使って
　　　　　看視するようなものだ。」[13]

　大安はこの問答で仏道修行のありようを会得したという。この話
から「十牛図」になり、牛が段階的に繪で示されるようになっと伝わ
れている。漱石はこの物語に準じて自分の悟りのための修行の段階
に文を通じて引いていると思われる。

　漱石の文で登場する白牛については1889年（明治22年）5月25日『木
屑録』に「大愚山人ハ余が同窓ノ友なり。……山人嘗テ余ニ語ツテ日
ク、深夜結跏……。余庸俗、露地ノ白牛ヲ見ルニ慪ク、無根の瑞草を
顧ミズ。」[14]と書いているし、また後に書いた小説『吾輩は猫である』
にヴァイオリンを彈くことをめぐってつぎのようにも書いている。

　　「これからいよいよヴァイオリンを彈くところだよ。こっちへ出て
　　来て、聞きたまえ」「まだヴァイオリンかい。困ったな」「君は無絃の素
　　琴を彈ずる[15]連中だから困らない方なんだが、寒月君のは、きいきい
　　ぴいぴい近所合壁へ聞えるのだから大に困ってるところだ」「そうか
　　い。寒月君近所へ聞えないようにヴァイオリンを彈く方を知らんです

13) 岩本裕(1988)『日本仏教語辞典』平凡社 p.134
14) 佐古純一郎(1983)『漱石詩集全釈』明徳出版社 p.273
15)「無絃の素琴を彈ずる」は1916年(大正5年)9月6日に作られた詩の第七句、第八句
　　にも「彈罷素琴孤影白/素琴を彈じ罷えて孤影白く、還令鶴唳半宵長/還た鶴唳を
　　令て半宵に長からしむ」と詠じられている。この詩については論者の拙論で論じ
　　たことがあるのでここでは略する。

か」「知りませんね、あるなら伺いたいもので」「伺わなくても露地の白
牛を見ればすぐ分るはずだ」と、何だか通じない事を云う。寒月君は
ねぼけてあんな珍語を弄するのだろうと鑑定したから、わざと相手に
ならないで話頭を進めた。[16]

　「無絃の素琴を彈ずる」「露地の白牛」「無根の瑞草」などは心の本体
を指す禅語で、悟境にはいり、真の自己に接して観なければ解せな
いことである。露地の白牛は古事があるが、「十牛図」の五段階で表し
ている牧牛からもしらべることができる。牛を探しまわっている童
子がやっと牛を発見して牛をてなづける内容で、悟りを自分のもの
にするための修行を表す段階である。ここでは牛も段々白くなって
いって「白牛」になりつつあることを表現され描かれているからであ
る。

3. 晩年の文章と「十牛図」

　上で触れたように漱石は『吾輩は猫である』までは仏教の禅で言わ
れる言葉を何の説明もなく自然に文章に持ってきてその本意にかま
わず余念無く並べている。が、晩年の1916年(大正5年)8月4日の漢詩
に至っては詩に「十牛図」の意趣を表すことになっているのが注意さ
れる。つぎの漢詩には帰牛を詠じているのでその深意を調べてみよ

---

16)『吾輩は猫である』『漱石全集』前掲書 第1巻 p. 452

う。

無　題

幽居正解酒中忙	幽居　正に解す　酒中の忙
華髪何須住酔郷	華髪　何ぞ須たん　酔郷に住するを
座有詩僧閑拈句	座に詩僧有り　閑かに句を拈じ
門無俗客静焚香	門に俗客無く　静かに　香を焚く
花間宿鳥振朝露	花間の宿鳥　朝露を振い
柳外帰牛帯夕陽	柳外の帰牛　夕陽を帯ぶ
随所随縁清興足	随所随縁　清興足る
江村日月老来長	江村の日月　老来長し。

　この詩を書いた年は漱石がこの世を去る年である。いままで複雑
な世の中を苦悩しながら生きてきた暮らしから脱して閑寂な生活を
している漱石の様子が表されている。自分の真の心に向けて静かに
香を焚いて詩僧になって詩昙を作り、如如である自然とともにして
いると、夕陽を帯びて牛が帰ってくるということを表している。これ
にはかつて悟りに達するため修行精進していた漱石、すなわち牛を
探し求めていたのにその牛が帰ってきたという意で解される。そし
て、この詩のつぎの1916年(大正5年)9月22日には独り黄牛に乗って
門を出ることを詠じている。帰ってきた牛に乗ったような詩情を感
じることができる。

無　題

聞説人生活計難	聞く説らく人生活計難しと
曷知窮裡道情閑	曷んぞ知らん窮裡に道情閑かなるを
空看白髪如驚夢	空しく白髪を看れば夢の驚く如し
独役黄牛誰出関	独り黄牛を役りて誰か関を出でし
去路無痕何處到	去路　痕無く　何處にか到る
来時有影幾朝還	来時　影有りし　幾朝か還る
当年瞎漢今安在	当年の瞎漢　今　安くにか在る
長嘯前村後郭間	長嘯す前村後郭の間

　この詩の内容は、人生の生活はむずかしいと聞いていたけれども窮中の道情が実は閑適なる消息など知りもしなかったということ。空しく年取って白髪が増えるのを夢のように驚いて見るといっている。ついで第四句に、独り黄牛にのって誰か関門を出ると詠じている。

　この詩と前に挙げた詩は「十牛図」の六段階からその意趣を見つけることができると思う。「独り黄牛を役りて誰か関を出でし」の句は牛の背に乗って家へむかうことで悟りがようやく得られて世間に戻る姿を描いている。また第七句と第八句では昔解らなかったことであったのに今にすこしは眼が開けることになったのかあの村この町で悠々と口笛を吹いていると、表現しているので、これはまさに「十牛図」の六段階で表している「騎牛帰家:牛の背中にのって笛なんぞを吹きながら家に帰えってゆく」と同じ意趣であると考えられる。六番目の繪の「序」の内容をみると、

干戈已に罷み、得失還た空ず。樵子の村歌を唱え、兒童の野曲を吹く。身を牛上に横たえ、目は雲を視る。呼喚すれども回らず、撈籠すれども、住まらず。

（牛と自分との格闘（心の戦い、修道の戦い）はとうとう終わった。牛を再び捕らえることも放すこともない。樵子の歌う田舎歌を口ずさみ、笛で童歌を奏でる。気ままに牛の背にまたがり、目は遠く大空を見ている。このような人を誰も呼びかえすこともできず、引きととどめることもできないだろう。）

となっているように、内容は上の詩句と詩風がよく似ていることが解る。「当年の瞎漢　今安くにか在る、長嘯す前村後郭の間」の句の解説「若いころ、いきり立っていたどめくら奴、今頃どこをふらついているかと探して見れば、前に進みもならず、後ろに退きも出来ず、中間どころで口笛ふいてふらついているというていたらく。」[17]をみると、まさに牛を探していた童子の様子と悟りを求めていた漱石の心境が同様であることが感じられる。悟りに向かって修行していく漱石自分を描いているのが推測されるのである。そして1916年（大正5年）10月15日の漢詩には、牛を屠ることが示されている。

無　題

吾面難親向鏡親　　吾が面は親しみ難く　鏡に向かって親しむ
吾心不見独嗟貧　　吾が心は見えず　独り貧しきを嗟く

---

17)　松岡譲(1986)『漱石の漢詩』朝日新聞社 p. 217

明朝市上屠牛客	明朝市上に牛を屠る客
今日山中観道人	今日山中観道の人
行尽邐迆天始闊	邐迆を行き尽くして天始めて闊く
踏残岶嵲地猶新	岶嵲を踏残して地猶お新なり
縦横曲折高還下	縦横曲折　高く還た下く
總是虚無總是真	總べて是れ虚無　總べて是れ真

　この詩では真の自己をまだ完全に見ることができないのでその道に至る禅境を得ようとする意を表している。それから第三句、第四句に「明朝市上屠牛客、今日山中観道人」と作って今日山中に道を観ずる人が、明朝は市場で牛を殺す人であるかも知れないといっている。つまり、この詩に至っては探しまわった牛に乗って帰ったが、今やその牛を殺すことになったのである。これは「十牛図」の七段階で表している本来の自己、真の自己とも呼ばれる牛を忘れるという「忘牛存人」のことで、牛を忘れ本覚無為で家に帰ってきてもまだ修行者として絶えず精進すべきことであることとその意をおなじくしている。「十牛図」の七段階の頌には次のように書かれている。

　牛に騎って已に家山に到ることを得たり。牛も也た空じ人も也た閑なり。紅日三竿猶夢を作す。鞭縄空しく頓く草堂の間。

　（求めていた牛（本来の自己）も求める人も空で実体が無いことが分かり、今までの不安の心が雲散霧消してしまった。真っ赤に輝く太陽（紅日）が竿を三本継いだ位高く上っても、未だ夢うつつで寝ている。こうなると、牛を調教する鞭や縄も、すっかり無用となった。ペンペン草が生えているような小屋の片隅に放ったらかしにしてある。）

　ここでいっているように求めていた牛も牛を求める人も空で実体
が無いことが分かったということ、牛を殺すという詩句は兩方とも
牛の実体がないという道理をのべている。実に真の自己を悟り得よ
うと漱石が最後の煩悩まで放下して完全な解脱の境に至り、それを
維持したいということを示唆しているようである。

　上の漢詩についで1916年(大正5年)10月16日の詩には牛に跨ると
描寫している。

　　　無　題

人間翻手是青山　　　　人間手を翻えせば 是れ青山
朝入市廛白日閒　　　　朝に市廛に入れば白日閒かなり
笑語何心雲漠漠　　　　笑語何んの心ぞ雲漠漠
喧声幾所水潺潺　　　　喧声　幾所か 水潺潺
誤跨牛背馬鳴去　　　　誤って牛背に跨れば馬鳴いて去り
復得竜牙狗走還　　　　復た竜牙を得て狗は走り還る
抱月投爐紅火熟　　　　月を抱きて爐に投ずれば紅火熟し
忽然亡月碧浮湾　　　　忽然として月亡く　碧は湾に浮かぶ

　これには、心の作用によってすべての見地が異なる道理を説いて
いる。俗界が超俗界の青山になり、そしていくらうるさい市であって
も、真の自己、心の本体さえ失わなければのどかなものであること。
第五句の馬に乗るところを間違って牛に跨れば馬は鳴き去ってしま
うというのは、悟ることは利那のことであるが、悟る前は難事である
ことをいっているようである。そして煩悩と思量分別の絶えぬ人間

とは異なる自然の風光状態をあげて、順応していく自然界の摂理を
いっているし、亡月と表現して、真心に喩える月が本来ないというこ
とであると解したのを詠じている。これは「十牛図」の八段階の「人牛
俱忘」のように、何も描かれていない、丸い円だけあって悟りを得て
見ると人も牛もいなくなり、それを覚ってみると真の自己があるが
ままに現顕することであるという。「十牛図」の頌に、

> 鞭索人牛尽く空に属す。碧天寥廓として信通じ難し。紅炉焔上爭で
> か雪を容れん。此に到って方に能く祖宗に合う。
>
> (盛んに鞭を使い縄でしばりながら、本来の自己を求めて刻苦勉勵
> してきた。しかし到ってみるとその鞭も索も人も牛も中味は全く空
> (無)だった。青く澄んだ空は広々としてカラッとしている。中味はカ
> ラッポで音信を通じるのは難しい。真赤に灼けた溶鉱爐は、何を持っ
> てきても溶かしてしまう。まして雪なぞは一瞬のうちに蒸発してし
> まって跡方も無い。この境地に到ればようやく仏祖の精神に叶うこと
> となる。)

とあるように、この頌のような境地に至ると生死の問題が解決さ
れ、真の自己を得ることができる。何も無い、誰も居ない空の世界を
歌っているが、空と云う真の事実は全くの「無」ではない。一切の分別
意識の入る余地は無いけれども何かはあることで詩の「誤って牛背に
跨れば馬鳴いて去り」の句と「月を抱きて爐に投ずれば紅火熟し」の句
が理解される。

悟りとは特別ではなく本来のあるがままの姿である。これについ
ては宗教的問答で若い弟子が、「不合理なるが故にわれ信ず」という

質問に対して、漱石は「柳は緑に花は紅でそれでいいぢゃないか。
あるものをあるがままに見る。それが信といふものではあるまい
か。」[18]と答えているので上の詩と「十牛図」の情趣がそのまま伝えら
れる。詩の第三句と第四句では、一時この境を得ると笑語も喧声も如
如たるものであるといって心の本体を悟り、何の煩悩もなく、雲は漠
漠と、水もせせらぎの音と共に悠然と流れ去ると詠じているのであ
る。これには「十牛図」の九段階の「返本還源」の頌「本に返り源に還っ
て已に功を費やす。爭か如かん直下に盲聾の若くならんには。庵中に
は見えず庭前の物。水は自ら茫茫花は自ら紅なり。(本に返るとは一
見元の境地に還ってきたように見えるが、それ迄にどれ程修行を積
んできたであろうか。どうしてもっと早く、直ちに盲聾のようになら
なかったのであろうか。庵中の人にはが庭前の物が見えない。水はた
だささらさらと流れ、花はただ赤く咲いている。)」と十段階の「入鄽垂
手」[19]を取り入れている。河の水もせせらぎの音と共に悠然と流れ、
花が赤く咲いている山水風景だけ描かれているにしてみると、この

---

18)　松岡譲(1934)『漱石先生』「宗教的問答」岩波書店 p. 102
19)　十段階の「入鄽垂手」の頌
　　胸を露にし足を跣にしてテンに入り来る。土を抹し灰を塗って笑いに満つ。神仙
　　真の秘訣を用いず。直に枯れ木をして花を放って開かしむ。
　　(胸をさらけ出し、足は跣で靴も草履もはかないで、一人ヒョコヒョコと市に入っ
　　てくる。
　　民衆の中に入って、土や灰で顔が真っ黒になるまで一緒に働き、泣き笑いをす
　　る。苦しんでいる人と一緒になって泣き笑いするような人になって始めて、救う
　　ことができるだろう。
　　こういう境地に至り、こういう生活ができれば、何も神秘的な仙人の神通力など
　　は必要ない。この境地に至れば、枯れ木のように生気が無くなった人にも、新た
　　な生命を吹き込んで花を咲かせることができるだろう。)

詩と意趣が類似しているのである。

　このように漱石はこの「十牛図」を参究することにより自分の修行が今どの段階にあるかを省察する指標として自分の文を通じて表していると考える。

4. おわりに

　以上のように漱石の文章で使われている牛の語について察してみた。仏教の禅の世界で言われている牛の意味が一般的な牛の概念とはちがってその自体が納得しにくい意図で表現されている場合が多い。これによって漱石が牛という存在を自分の文章にどういう意味と意図で使われているか、また「十牛図」との関連はあるかについて考察したのである。

　漱石はかつて青年時代の漢詩に「心似鉄牛鞭不動」という詩句で牛について表現している。鉄牛以外にも　白牛、黄牛等、牛の文句を導入しており、それが仏教経典等から引いていることに着目して調べた。その根拠として悟りに対しての問答を繪で表現している廓庵師遠禅師の「十牛図」をあげることができる。これは牛を仏教修行者の真心に比喩して見性にいたる過程を十段階に簡明に描いて表したものでひとりの童子が牛をさがし求める内容である。この内容で「騎牛帰家」「人牛倶忘」「返本還源」「入廛垂手」等の「十牛図」に登場している各段階の牛の様子を小説、特に漢詩にその意趣をあらわしていることがわかる。

　漱石は「牛」というものを自分の漢詩や文章に用いるにおいて禅意の言葉として取り入れて自分の修行程度と過程を表している。特にそれが仏教で真の自己を求めること、心の本体を悟るための過程が描かれている「十牛図」によっているものとして探し見つけることができた。そしてその表現を漢詩に段階的に示唆してかつて抱いていた悟りを得る修行についての関心を示していることにも着目できた。すなわち、漱石はこの「十牛図」を参究することにより自分の修行が今どの段階にあるかを観ずる指標として自分の文を通じて段々と表現していったのである。漱石はこように真の自己、本来面目を得るため晩年まで悟りへの念願を抱いて牛を探し回る童子のように修行に努めていたと察せられる。

参/考/文/献

- 朝比奈宗源訳注(1967)『碧巖錄』中 岩波書店
- 岩本裕(1988)『日本仏教語辭典』平凡社
- 佐古純一郎(1983)『漱石詩集全釈』明德出版社
- 中村元外編(1989)『仏教辭典』岩波書店
- 中村 宏(1983)『漱石漢詩の世界』第一書房
- 夏目漱石(1966)『漱石全集』岩波書店
- 陳明順(1997)『漱石漢詩と禅の思想』東京 勉誠社
- 松岡讓(1934)『漱石先生』「宗教的問答」岩波書店
- _____(1966)『漱石の漢詩』朝日新聞社
- 山田無文(1986)『碧巖錄全提唱』第四卷 財団法人禅文化研究所
- 吉川幸次郎(1967)『漱石詩注』岩波新書

夏目漱石の作品に表れた「雲」

1. はじめに

　「雲」の語は漢文とか漢詩のなか、また諸作品のなかにもよく使われている語の一つであるし、その意味も作品によって、作家によって様々であろうと思う。漱石の作品のなかにも「雲」の語は多く使われ、小説、手紙、日記、漢詩など作品全般に広く用いられている。また、それが示唆しているのも自然そのままのもの、象徴的な表現としてのものなどである。しかし、自然のひとつとして描寫される雲に関しては別段その意味を深く考えなくても理解されるのであろうが、雲に象徴的な意味を付与して取り入れていると思われるものには作家の作意を探るのが作品と作家の思想を解するになにより大事であると思う。したがって、この論では作品の中にかかれている雲の象徴的な意味を主に探求しようとする。
　漱石にとって「雲」の語は青少年の時に作った初期のものである

十七、八歳頃の漢詩から晩年の最後の漢詩まで表わされているので
特に注目される。本論では、このように愛用して作品に取り入れてい
る「雲」の意味として、漱石はなにを意図して用いているのか、そして
どんな意味であるのかについて漢詩を中心にして論じようと思う。
漢詩の読み方は吉川幸次郎の『漱石詩注』をはじめ、和田利男、佐古純
一郎、松岡讓、齋藤順二、飯田利行、中村宏、渡部昇などのものを参考
する。

2.「仙郷」と「白雲」

　漱石が最初期の漢詩を残している十七、八歳頃の成立学舎時代に
「鴻台」と題する「鴻台冒曉訪禅扉（鴻台曉を冒して禅扉を訪う）」の漢
詩を作った当時、「沈雲、眠霞山房主人」といって漱石自分の号として
「雲」の語を用いていることがわかる。以後、漱石は自分の作品の所々
に「雲」を様々な形と意味で描寫し続けている。
　同じく十七、八歳頃の「何人鎭日」の漢詩の第五句、六句に「溪南秀
竹雲垂地（溪南の秀竹　雲　地に垂れ）/ 林後老槐風滿庭（林後の老槐
風　庭に滿つ）」とかかれている。これは、漱石の漢詩のなかで、はじ
めて「雲」が用いられているもので、ただ自然の風景のひとつとして
詠じている感じである。同じ時期に作られている漢詩、「雨晴雲亦散」
の第一句、二句にも、「雨晴雲亦散（雨晴れ　雲亦散じ）/ 夕照落漁湾
（夕照　漁湾に　落ち）」とあって、やはり単純な自然のなかの「雲」の形
態が描かれている。そして四、五年経った1889年(明治22年)9月に完

成した、房總雑詠『木屑錄』に收録して親友子規に見せ、評価を求め
た漢詩十四首の中の八首目の詩、「風行空際乱雲飛（風は空際を行い
て乱雲飛び）/ 雨鎖秋林倦鳥帰（雨は秋林を鎖（とざ）して倦鳥（けんちょう）帰る）/ 一路
蕭蕭荒驛晩（しょうしょうこうえきおそ）（一路蕭蕭荒驛晩し）/ 野花滅香綠蓑衣（野花香を滅ぐ綠（りょく）
蓑衣（さい））」にも「雲」が用いられて自然としての雲を詠っているが、六首
目の詩には「脱却塵懷百事閑（塵懷を脱却して百事閑なり）/ 儘遊碧
水白雲間（ま遊ぶ碧水白雲の間）/ 仙郷自古無文字（仙郷古（いにしえ）より　文
字無し）/ 不見靑編只見山（靑編を見ず　只だ山を見る）」とあって、
「雲」が「白雲」として表現され、ただ自然を詠った内容とは異なる意味
として醸し出されていることがわかる。これは子規と親密になり、
お互いに漢詩を通じて漱石自分の内面の世界を表現することになっ
たからであると思われる。つまり、自然そのままの「雲」の形容より
「脱却塵懷百事閑」の意趣として塵懷を脱却して百事は閑なることで
碧水とともに遊ぶ悠々の「白雲」のような無為の境を表しているので
ある。「白雲」[1]とは、天帝が住むところを表象するが、仏教では、脱俗
境を意味している。漱石はかつて寒山の詩を愛誦してその影響を受
けているだろうし、以後の作品にもよく使っている。また「仙郷」とい
うのは、仙人のすむ處、俗界を離れた清らかなところで理想郷を意味
している。その仙郷には文字が必要でないのはいうまでもないこと
である。俗情を離れて、すべての煩わしさから脱し、「白雲」の境に託

---

1) 「白雲」は、莊子の外篇天地十二の「乗彼白雲至千帝郷（かの白雲に乗じて帝郷に至
　らん）（小川環樹『老子・莊子』『世界名著-4』中央公論社 昭和 43(1968)）を想起する
　のが普通であるが、ここでは、天帝が住むところを表象する。また、禅では、寒山詩
　に多く出てくる語として、禅定に入り脱俗の界を意味している。

して世間の書物などは読まず悠々に過ごしている風景を詠じたもの
で、この詩の「雲」の意味には漱石の仙郷としての「白雲」が表現され
ていることがわかる。この詩を作った翌年、1890年(明治23年)8月か
ら9月にかけて、漱石は約二十日間の箱根の旅をして十三首の詩を得
る。当時の心理状態は、1890年(明治23年)8月9日の正岡子規宛の手
紙にも書かれているように、「長明の悟りの言は記臆すれど悟りの実
は迹方なし是も心といふ正体の知れぬ奴」[2]と心の正体の悟りを語っ
て求めようとしている。箱根で遊んでいながら詠じた詩句のなか、
「臥見白雲堆 (臥して　白雲の堆きを見る)」、「去路白雲悠 (去路　白雲
悠なり)」等のように、十三首の中で「雲」を取り入れているのは六首も
ある。いずれも世間のすべての執着から逃れ、悠々としている「雲」に
譬えてその心境を表わしている。

　漱石は悟りと坐禅の必要性について所蔵の書『禅門法語集』の書き
込みに「僧俗ニ限ラズ皆悟ルベキ筈ナリ。タヾ此境界ニ常住シテ活
溌々地ノ活用ヲナスガ困難ナルナリ。此困難ヲ排セン為メニ坐禅ノ
修業ガ必要ナルナルベシ。」[3]と書いている。このように悟りへの念願
を持って1898年(明治31年)3月の「春日静坐」と題する漢詩にはそれ
を表わして「(前略)人間徒多事(人間　徒らに多事)/ 此境孰可忘(此の
境　孰れか忘る可けん)/ 会得一日静(一日の静を会し得て)/ 正知百
年忙(正に知る百年の忙)/ 遐懐寄何處(遐懐　何處にか寄せん)/ 緬邈
白雲郷(緬邈たる白雲の郷)」といっている。世俗から超脱した境にい

---

2)　夏目漱石(1966)『漱石全集』岩波書店　第14巻 p. 20
3)　『漱石全集』前掲書　第16巻 p. 270

れば、「百年忙」を知ることになる「悟り」を得て人生のすべての苦から
脱することができる解脱の境である仙郷、「白雲」の郷によりたい心
境を表出しているのである。見性すると、世間の煩悩妄想が消え解脱
の境に入れる。漱石はこういう道にはいって超俗の「白雲」の郷に至
りたかったのであろう。このような意趣は1899年(明治32年)に作ら
れた漢詩にも「白雲」の郷に対する願望を変わらず示している。「眼識
東西字 (眼は識る東西の字)／ 心抱古今憂(心は抱く古今の憂い)／ 廿
年愧昏濁(廿年　昏濁を愧じ)／ 而立纔回頭(而立　かに頭を回らす)／
静坐観復剝(静坐して復剝を観)／ 虚懐役剛柔(虚懐　剛柔を役す)／ 鳥
入雲無迹 (鳥入りて雲に迹無く)／ 魚行水自流(魚行いて水自ずと流
る)／ 人間固無事(人間　固と無事)／ 白雲自悠悠(白雲　自のずから悠
悠)」とかいて、前述の「仙郷自古無文字」の詩句のとおり仙郷はもとよ
り文字がないのに、世間の欲に従って東西の文字を学ぶことになっ
て却って世間の憂いばかり抱くようになったこと、二十まで何も分
からずはずかしい月日を過ごしてしまったことを歎じ、静座して無
欲無我の境を悟るべきことであると詠じている。雲は鳥がいくら飛
び回っても迹を残さないし、水は魚が上下左右泳ぎ通ってもそのま
ま流れて行くだけの境地である。煩悩妄想、雑念などになんらのかか
わり無しのありのままを表現していることが分かる。このように人
間のすべての煩悶から脱して悟って見ると悠々たる境に入って自在
自由に過ごすことができることを「白雲」に喩えて書いている。中村
広はこの詩句について「人間、悟ってみればこの雲や水のように本来

何事もない。まさにあの白雲のようなものである」[4]と解説に加えている。世俗からの超脱の境地、心の正体を悟った境地、その世界を漱石は漢詩で「白雲」、「仙郷」として表現しているといってもよいであろう。

　前述の詩と同じ年の1899年(明治32年)4月に書かれた次の詩にはその悟りの境地にいたっていない心境を表現している。「仰瞻日月懸(仰いで瞻る日月の懸かるを)/　俯瞰河岳連(俯して瞰る河岳の連なるを)/　曠哉天地際(曠い哉　天地の際)/　浩気塞大千(浩気　大千に塞つ)/　往来暫逍遙(往来　暫く逍遙)/　出處唯隨緣(出處　唯だ隨緣)/　称師愧呫嗶(師と称して呫嗶を愧じ)/　拝官足緡錢(官を拝して緡錢足る)/　澹蕩愛遲日(澹蕩　遲日を愛し)/　蕭散送流年(蕭散　流年を送る)/　古意寄白雲(古意　白雲に寄せ)/　永懐撫朱絃(永懐　朱絃撫す)/　(中略)胡僧説頓漸(胡僧　頓漸を説き)/　老子談太玄(老子　太玄を談ず)/　物命有常理(物命　常理有り)/　紫府孰求仙(紫府　孰か仙を求む)/　眇然無倚託(眇然として倚託なし)/　俛仰地興天(俛仰す地と天と)」と作っているこの詩で見える「白雲」に関しては、日月と河と岳を見おろして広大な天地に滿ちている浩然の気とともにのどかな春の日を愛し、浮世を離れた閑静な月日をおくっていながら古意を白雲に寄せ琴を撫して思いにふけている意で詠じている。また、このような意趣と連ねて夢も現実も結局同じであることをいって、仏教でいう頓悟と漸悟を説き、老子の太玄を談じて物の命も理法があるゆえ倚託するところない微小な人間の存在であることであると

---

4) 中村広(1984)『漱石漢詩の世界』第一書房　p. 120

その感慨を表わしている。したがってこの詩のなかに取り入れられ
ている「古意　白雲に寄せ」の白雲の意味を考えるのには、まず「古意」
の意に注目すべきであると思う。この「古意」を吉川幸次郎は「人間の
歴史に対する感情」[5]と解説しているし、中村宏は「昔風の趣」[6]と書い
ているが、前述の詩句「人間固無事(人間　固と無事)／白雲自悠悠(白
雲　自のずから悠悠)」と同年のものであるゆえ、この詩の意趣を見る
と、大千世界に満ちている気(浩気塞大千)の道理も解らず暫くこの
間に心を逍遥してただ縁にしたがうことであるといっているので、
「古意」とは古来からの大千世界に満ちている浩気の道理を解る悟り
の意として解釈されるし、また、その「古意」を「白雲」に寄せるという
のは、今の時期まだその道理を解する悟りの境地を得ていないので
この心をその理想郷である「白雲」に寄せるしかないという意として
用いていると思われる。

　小説『門』の新聞連載が終わった1910年(明治43年)6月16日、漱石
は胃腸病院に入院して同年7月31日退院する。この退院の日、病院
に訪ねた森円月の頼みがきっかけで「来宿山中寺(来たり宿す山中の
寺)／更加老衲衣(更に加う老衲の衣)／寂然禅夢底(寂然たる禅夢の
底)／窓外白雲帰(窓外　白雲帰る)」と、1900年(明治33年)以来十年間
の空白を破って漢詩を作ることになる。こうして十年の空白を破っ
て作った漢詩にも変わらず「白雲」を書いて禅境を詠じているのは注
目すべきことである。「白雲」は前で考察したとおり、漱石の仙郷であ

5) 吉川幸次郎(1967)『漱石詩注』岩波新書 p. 50
6) 中村宏『漱石漢詩の世界』前掲書 p. 129

り、禅境である。「窓外白雲帰る」の句からわかるように、まさにつね
に心の奥に希求していた白雲の境、即ち禅境に再びに帰ってきたと
示唆しているようである。

3. 煩悩と「雲」

　世間すべての煩悩、分別心から抜け出せる境地こそ、真の禅境であ
ること、そして「悟り」に達せられることを念願して漱石は自分独自
の表出として「雲」の意を漢詩に描いていると思う。

　仙郷への願いは見性に向かった求道心としてそれを漢詩に示して
いるが、それには消えない煩悩も如実に現れているので以後の詩か
らそれを探ってみようとする。

　1910年(明治43年)9月29日の漢詩には「仰臥人如啞(仰臥　人　啞の
如く)／ 默然見大空(默然として大空を見る)／ 大空雲不動(大空　雲
動かず)／ 終日杳相同(終日　杳かに相同じ)と書かれている。この詩で
の「雲」が意味しているのは何であるか。默然として大空をみると、そ
こに広がっている全然動かない雲は自分の心のようで、全然清らか
にならない煩悩ばかりの自分の心の状態を喩えていると解される。
つまり、なかなか消えない煩悩の象徴として動かない雲を用いてい
ると思う。煩悩から脱すべきだという希望が感じられる。

　修善寺大患の死の経験、その後、漱石は生死の問題を真剣に考え
たか、詩風も以前とは微妙に変っているのが見える。1910年(明治43
年)10月には、「天下自多事(天下　自ずから多事)／ 被吹天下風(天下の

風に吹かる)/ 高秋悲鬢白(高秋　鬢白を悲しみ)/ 衰病夢顔紅(衰病顔紅を夢む)/ 送鳥天無尽(鳥を送りて天尽くる無く)/ 看雲道不窮(雲を看て道窮まらず)/ 残存吾骨貴(残存吾が骨貴し)/ 憤勿妄磨礱(憤んで妄りに磨礱する勿れ)」と書いて、前述の1899年(明治32年)の詩句「鳥入雲無迹(鳥入りて雲に迹無く)/ 魚行水自流(魚行いて水自ずと流る)/ 人間固無事(人間　固と無事)/ 白雲自悠悠(白雲　自のずから悠悠)」とその意趣を同じくしているが、十余年過ぎた今になっても禅境の「白雲」にはまだ至らず、煩悩の心を観るように「雲」を見てその道の窮まりないこと、病からこの世の身を守るだけであることを表わしている。つまらない人間、すべてのことは天の次元で観照すること、漱石が求めている「道」が切実に感じられる。死、生に苦しまれる肉体から超越しなければならないという気持ちを詠んだ詩句であると思われる。

　こうして漱石は、生死の煩悩から脱するため、1910年(明治43年)10月に作った、「遺却新詩無處尋(新詩を遺却して尋ぬるに處無し)/ 嗒然隔牖対遙林(嗒然　牖を隔てて　遙林に対す)/ 斜陽満径照僧遠(斜陽　径に満ちて　僧を照らして遠く)/ 黄葉一村蔵寺深(黄葉の一村　寺を蔵めて深し)/ 懸偈壁間焚仏意(偈を壁間に懸くるは仏を焚く意)/ 見雲天上抱琴心(雲を天上に見るは琴を抱く心)/ 人間至楽江湖老(人間の至楽　江湖に老ゆ)/ 犬吠鶏鳴共好音(犬吠　鶏鳴　共に好音)」には、世間の事と我を忘れて僧と寺とともに仏教の偈と禅の公案である焚仏の意を探り、超俗脱塵の心地で琴を抱く心になって「雲」を見ると世俗の煩悩妄想は消え去り至上の楽しみに接することができるのであろうのにと漱石はその境地を願っている。「雲」が無くなっ

て清んでいる天のように木仏を焚いて分別心から来る煩悩を無くすことになると超俗から離れ悟境の楽しみを得るのである。この詩もかわらずこういう禅句とともに「雲」を煩悩に比して、そのような超越境へ達する希望を詠じているのである。

　1912年(大正元年)11月の詩には「夜色幽扉外(夜色　幽扉の外)/ 辭僧出竹林(僧に辭して竹林を出づ)/ 浮雲回首尽(浮雲　首を回らせば尽き)/明月自天心(明月自から天心)」といって、浮いている「雲」が消えていること、それゆえ天に明るい月が明瞭にその姿を顕していることを余念なく闡明している。まさに煩悩が消え去った境地を示しているのではないか。「悟道的な雰囲気がある」[7]といっているように、悟境に接した禅境を詠じていると思うのである。ついで1912年(大正元年)9月の詩にもその感懐を表明して「蕭條古刹倚崔嵬(蕭條たる古刹　崔嵬に倚り)/ 溪口無僧坐石苔(溪口　僧の石苔に坐する無し)/ 山上白雲明月夜(山上の白雲　明月の夜)/ 直為銀蟒来仏前(直ちに銀と為って仏前に来たる)」と山上の「白雲」と明月の夜を詠じで白雲境、禅境を唱っている。

　そして、この心持ちは1914年(大正3年)11月の漢詩、「碧落孤雲尽(碧落孤雲尽き)/虚明鳥道通(虚明　鳥道通ず)/ 遅遅驢背客(遅遅たる　驢背の客)/ 独入石門中(独り入る石門の中)」に、漱石は自身の心境を相変わらず語り続けている。「碧落」に一点の雲もないというのは、自分の心に煩悩妄想もないことを、「虚明」に鳥が飛ぶとは無心でどんなものにも拘碍されないという意味を示しているのであろう。

---

7) 中村宏『漱石漢詩の世界』前掲書 p.190

「碧落孤雲尽」は小説『門』にも「風碧落を吹いて浮雲尽き」と書かれて
その風趣を同じくしているが、ここでの「雲」も煩悩を比喩したもの
で独り煩悩妄想を滅して禅門をくぐることになったことを表わして
いるようである。しかし、1915年(大正4年)4月の詩にはまだ完全に達
していない禅境であるゆえか、「隔水住東西(水を隔てて東西に住し)/
白雲往也還(白雲 往き也た還る)/ 東家松籟起(東家 松 籟起り)/ 西
屋竹珊珊(西屋 竹珊珊)」といって、その仙境としての「白雲」が行った
り来たりしているのが書かれている。「白雲」の境に接したことは接
したが、まだ足りない感じで、その理由の如く水を隔てて東西に住す
ることをいっている。これは、もしかすると、東はかつて学んだ漢文
の世界の東洋的なもので西は大学で専攻した英語の世界の西洋的な
もの、その間から生じる葛藤のため白雲の境に至ったり至れなかっ
たりするのをいいたかったのではないかと推量される。この詩と同
じ年の作である11月の「自画」という題をつけた詩をみると、「机上蕉
堅稿(机上 蕉堅稿)/ 門前碧玉竿(門前 碧玉竿)/ 喫茶三盌後(喫茶三
盌の後)/ 雲影入窓寒(雲影 窓に入って寒し)」といってまだ世俗の
煩悩から超越していなかったためか、「雲」の影が窓から入って寒い
という表現で漱石自分の心境を表しているようである。煩悩が消え
なく自分の心のなかに入ってくるのが寒さを感じるくらい心寂しい
と解したらどうであろうか。1916年(大正5年)8月18には、16日の詩
に「無心礼仏見霊台(無心に仏を礼して霊台を見る)という漱石自分
の道の見處を表明してからの詩として、「行到天涯易白頭(行きて天
涯に到って白頭なり易し)/ 故園何處得帰休(故園何 處か 帰休を得
ん)/ 驚残楚夢雲猶暗(楚夢を驚残して雲猶お暗く)/ 聴尽呉歌月始愁

(呉歌を聴き尽して　月始めて愁う)／遶郭青山三面合(郭をる青山　三面に合し)／抱城春水一方流(城を抱く春水　一方に流る)／眼前風物也堪喜(眼前の風物　也た喜ぶに堪えたり)／欲見桃花独上樓(桃花を見んと欲して独り樓に上る)」と作って、故園に帰休するのを得ようとする願いを見せしめしている。ここで故園とは悟境をいっているので[8]悟りの道に至るのが難しいこと、したがって煩悩はまだであるゆえ夢さめてみたら「雲」はなお暗いばかりであると表現している。禅の精進に尽力している漱石が想像される内容である。こういうのは1916年(大正5年)8月22日の詩にもよく表している。「香煙一炷道心濃(香煙一炷　道心濃し)／趺坐何處古仏逢(趺坐　何處か古仏に逢わん)／終日無為雲出岫(終日無為　雲 岫を出で)／夕陽多事鶴帰松(夕陽多事　鶴 松に帰る)／寒黄点綴蘺間菊(寒黄　点綴す蘺間の菊)／暗碧衝開牖外峯(暗碧　衝開す牖外の峯)／欲拂胡床遺塵尾(胡床を拂わんと欲して塵尾を遺れ)／　上堂回首■呼童(堂に上り首を回らして■た童を呼ぶ)」と、跏趺坐で参禅して「終日無為雲出岫」のように煩悩の生滅を観じ、仏にあうこと即ち成仏の念願をしている。しかし、1916年(大正5年)8月23日の漢詩、「寂寞光陰五十年(寂寞たる光陰五十年)／蕭條老去逐塵縁(蕭條と老い去りて塵縁を逐う)／無他愛竹三更韻(他無し竹を愛す三更の韻)／与衆栽松百丈禅(衆と与に松を栽う百丈の禅)／淡月微雲魚楽道(淡月微雲　魚は道を楽しみ)／落花芳艸鳥思天(落花芳艸　鳥は天を思う)／春城日日東風好(春城　日日　東風好ろし)／欲賦帰来未買田(帰来を賦せんと欲して　未まだ田を買わず)」

---

8) 陳明順(1997)『漱石漢詩と禅の思想』p. 251

という句には、世俗の因縁から離れて自然とともにしている百丈の禅[9]をあげている。寂寞たる光陰五十年とはこの詩を作ったときの漱石はちょうど五十歳になることをいう。「百丈禅」は、「一日不作 一日不食」で、一日働かなければ一日食べない精神を主張した百丈禅師の独特な禅風を指している。百丈禅師が大衆の僧侶たちといっしょになって、自ら松を植えたり、農事をしたりしたのをいっている。そして「淡月微雲」の句をもって見性の境地に比喩される非明非暗の淡月とともに煩悩に喩えた「雲」がこの時期になって「微雲」と表現されていることに注目される。魚は道を楽しむことになった自在無碍である、そのような禅味は感じたということを示しながら、「微雲」のように煩悩がまだ少々残っている状態を表現していると思われる。このような意図で漱石が雲を通じて禅修行の発展とその程度を表わし続けていくこと、悟道にだんだん深入していくことが推測される。

4. 悟境と「去雲」

漱石は1916年(大正5年)に入って小説『明暗』を執筆してからは漢

---

9) 山田無文(1989)『碧巌録全提唱』第6巻 禅文化研究所 p. 371
「百丈」は、百丈懐海禅師(720~814)のことで、唐の禅僧で、馬祖道一禅師(709~788)の弟子でありながら黄檗希運禅師(？~850)の師である。『碧巌録』第二十六則の「百丈大雄峰」に、一人の僧が百丈懐海に一問する話がある。
【本則】僧問百丈、如何是奇特事。丈云、独坐大雄峰。僧礼拝。丈便打僧、百丈に問う。如何なるか是れ奇特の事。丈云く。独坐大雄峰。僧、礼拝す。丈、便ち打つ。ということから、「百丈独坐大雄峰」の公案がいわれ、伝われている。

詩作りに集中することになるが、その年の、死の床につく前日までに
は毎日のように作ってこの短い期間におよそ七十五首にいたる漢詩
を残している。無論これらの漢詩にも「雲」は多く使われている。この
時期に用いられた「雲」の意については漱石の用意が確実に表れてい
るし、その作意と意図が目に見えるくらい用意のつながりと入禅境
への程度が明らかにされているのが解る。1916年(大正5年)9月10日
に作られた漢詩では「絹黄婦幼鬼神驚(絹黄婦幼 鬼神驚く)/ 饒舌何
知遂八成(饒舌 何んぞ知らん 遂に八成)/ 欲証無言観妙諦(無言を証
せんと欲して妙諦を観)/ 休将作意促詩情(作意を将って詩情を促す
休かれ)/ 孤雲白處遙秋色(孤雲白き處秋色遙かに)/ 芳艸綠邊多雨声
(芳艸綠なる邊り 雨声多し)/ 風月只須看直下(風月 只だ須べから
く直下に看るべし)/ 不依文字道初清(文字に依らずして道初めて清
し)」といっている。この詩では雲が秋空の一片の「孤雲」として表現さ
れているのに注意される。晩年の漱石はかつて自分が求めてきた世
俗の煩悩から超越した境地である禅境に達したのを示しているので
はないかと思われる意趣である。天にほとんどなくなった雲、ただ一
片の「孤雲」だけでそれも仙郷で比喩していた白の雲であること、今
まで消え去らなかった煩悩が滅した状態を示しているのである。そ
れで、雨にぬられる芳艸の緑など目にみえる風月をあるがままにみ
る禅境を詠じている。「直下」は禅語で、分別を起こさないでそのまま
にという意であるし、文字によらないことこそ「道」が初めて清浄に
なること、黙言の仏法を説く意趣で、「道」は言語文字や思量分別を無
くして「不立文字」の仏教の道を悟ってその妙諦を観ることであると
いっているのでる。「直指人心見性成仏」の禅家の正統理論を述べた

意趣であると思う。

　ついで、1916年(大正5年)9月16日の漢詩には長いあいだ願って求めていた仙郷、禅境である「白雲」に逍遙することになったのを記している。「思白雲時心始降(白雲を思う時 心始めて降り)/ 顧虚影處意成双(成双(虚影を顧りみる處意は双を成す)/ 幽花独発涓涓水(幽花独り発く涓涓の水)/ 細雨閑来寂寂窓(細雨 閑に来たる 寂寂の窓)/ 欲倚孤筇看断碣(孤筇に倚って断碣を看んと欲し)/ 還驚小鳥過苔矼(還た小鳥を驚かせて苔矼を過ぐ)/ 蕙蘭今尚在空谷(蕙蘭 今尚お空谷に在り)/ 一脈風吹君子邦(一脈 風は吹く君子の邦)」の「心始降」は煩悩と分別心が無くなるという意味として、「白雲」を思う時、はじめて煩悩妄想心が降伏されるという禅旨を語っている。そして、今になって自然に託して煩悩と妄想なしに超俗の境地を真に観ずることになったのである。それからとうとう同年9月19日の詩には「截断詩思君勿嫌(詩思を截断するも君嫌う勿れ)/ 好詩長在眼中黏(好詩長えに眼中に在りて黏す)/ 孤雲無影一帆去(孤雲 影無くして 一帆去り)/ 残雨有痕半榻霑残雨痕有りて半榻霑う)/(略)」といって一片の雲まで無くなったことを表している。すなわち、微塵の煩悩まで滅してその「孤雲」の影すら消え去ったのである。このような道を得て禅境に接して見ると目の前のすべてに迷わず、悠悠自適の立地で何の分別心も煩悩もなしにありのまま森羅万象を見極めることができるのである。

　漱石はこのような禅理を得たことを、1916年(大正5年)9月23日の詩に誦している。「漫行棒喝喜縦横(漫りに棒喝を行いて縦横を喜ぶ)/ 胡乱衲僧不値生(胡乱の衲僧は生に値せず)/ 長舌談禅無所得(長舌

禅を談じて　得る所無く）/ 禿頭賣道欲何求（禿頭　道を賣りて　何をか求めんと欲する）/ 春花発處正邪絶（春花発く處　正邪絶え）/ 秋月照邊善惡明（秋月照らす邊　善惡明かなり）/ 王者有令爭赦罪（王者　令有り　爭か罪を赦さん）/ 如雲斬賊血還清（雲の如く賊を斬りて血還た清し）」と作っているこの詩には、長舌で禅をいって何も得るところなく、頭をそり僧になって仏道を賣って何を求めようとするのかと堂々と説いている。まさに悟者の語りのようである。それで森羅万象は自ずと正邪と善惡を明らかにしてそれをはっきりしている。「王者有令爭赦罪、如雲斬賊血還清」のこの句について吉川幸次郎は「爭赦罪　この三字、実はよくよめぬ。爭の字は、今の中国語の怎、いかでか、の古い表記として、禅家の書に用いられていよう。そうした使い方とすれば、爭か罪を赦さんや」と解説しているし、また「如雲この句も禅語似もとづくらしいが、禅にうとう私には未詳。」と注している。しかし、この句は「王者」、即ち禅道を得た法の王は大道人であるゆえ決して罪を赦さないこと、「雲」のような邪念を一掃して清淨になるのであるという意で煩悩であった「雲」の実体を一掃してしまった悟境を確実にしている。これについで9月25日の詩に「閑居近寺多幽意（閑居近寺多幽意）/ 禮仏只言最上乗（禮仏只言最上乗）」と無我最上の境地にふれているのを書いている。

　このような煩悩に比喩された「雲」はつづけて9月27日の詩にも書かれている。「欲求蕭散口須緘（蕭散を求めんと欲すれば口須べからく緘すべし）/ 為愛曠夷脱旧衫（曠夷を愛かるが為めに旧衫を脱す）/ 春尽天邊人上塔（春は天邊に尽きて人は塔に上り）/ 望窮空際水呑帆（望みは空際を窮めて　水は帆を呑む）/ 漸悲白髪親黄卷（漸く白髪を

悲しみて黄巻に親しみ)/ 既入靑山見紫巖(既に靑山に入りて紫巖を
見る)/ 昨日孤雲東向去(昨日孤雲　東に向って去り)/今朝落影在溪杉
(今朝　影を落として溪杉に在り)」というこの詩には、古い着物を脱ぎ
捨ててゆったりと余裕をもつことになったのをいって今にまで消え
ていない世間の煩悩や俗情から脱して真の自由を得、すでに靑山の
紫巖をみる仙境に逍遙していることをいい、この心境を表して心中
に残っていた一片の「孤雲」はすでに過去である昨日東のほうに向っ
て去ったと思ったらその雲の影まで今朝溪杉に落としていると心中
に煩悩が無くなったことを吟っている。しかし、ここでは「雲」は去っ
てしまったがその影はまだ完全に去っていないというのを嘆じてい
るようである。漱石は微塵の煩悩も残らずなくして、かならず見性
して超俗の境地に入らなければならないことを示唆しているのであ
る。が、10月1日の詩には雲が完全に去ってしまった清らかな仙境を
詠じて、「誰道蓬莱隔万壽(誰か道う蓬莱　万壽を隔つと)/ 于今仙境在
春醪(今に于いて仙境　春醪に在り)/ (略)大岳無雲輝積雪(大岳　雲無
く積雪に輝く)/ 碧空有影映紅桃(碧空　影有り　紅桃に映ず)」という
道心を表現している。雲がなくなったのでもっと輝く雪であるし、雲
一片ない碧空には紅桃が映じられているだけの高逸の境を吟ってい
る。

　1916年(大正5年)10月8日には、漱石が円覚寺で参禅したとき老師
から受けて長年の抱いていた公案である「父母未生以前本来面目」
対して、「休向畫竜慢点晴(畫竜に向かって慢りに晴を点ずるを休め
よ)/ 畫竜躍處妖雲横(画竜の躍る處　妖雲横たわる)/ 真竜本来無面
目(真竜　本来　面目無し)/ 雨黒風白臥空谷(雨黒く風白くして空谷に

臥す)／ 通身遍覚失爪牙(通身遍く覚むるも爪牙を失い)／ 忽然復活侶魚蝦(忽然復活して魚蝦を侶とす)」という詩を残すことになる。「真竜本来無面目」という見處を明らかにして画竜が躍る處に「妖雲」は降伏してしまう、つまり自分を悩ました煩悩妄想から自由になれたことを示している。以後、1916年(大正5年)10月16日の詩「人間翻手是青山(人間手をえせば 是れ青山)と自信あふれる悟りの境地を見せて「笑語何心雲漠漠(笑語何んの心か雲漠漠)／ 喧声幾所水潺潺(喧声幾所 水潺潺)」と世間の事事に全然かかわらない自信感を表明している。中村宏は「笑語何心雲漠漠」の句について「まわりの笑語はどんなつもりか知らないが、漠漠たる雲のようなもので、少しも気にならない[10]と解説しているが、この句には、一時この境を得ると笑語も喧声も如如たるものであると説かれている。そこには、欲心も、執着もないので、雲は漠漠と、水もせせらぎの音と共に悠然と流れ去るのである。人間のあらゆる世事にも揺れず禅定の状態のままであるという禅の境地を表わしている。漱石が死を向かう前の最後の三首の中一首である11月13日の詩には禅境で自由を楽しむ法悦を「自笑壺中大夢人(自ずから笑う壺中大夢の人)／ 雲賽縹緲忽忘神(雲賽縹緲として忽ち神を忘る)」と詠っている。「忘神は無心の恍惚境に入ること」[11]といっているように「自笑」する漱石になって、もう「雲」には拘らず天上の雲の去来を観じ、無我境になるということを唱っている。

　1916年(大正5年)11月、二人の若い雲水が漱石の家に留まったこと

---

10) 中村宏(1983)『漱石漢詩の世界』前掲書 p.310
11) 中村宏(1983)『漱石漢詩の世界』前掲書 p.328

があり、同年11月15日、その禅僧の富沢敬道宛ての書簡に「私は私相応に自分の分にある丈の方針と心掛で道を修める積です。」と「道」に関して意志を表明している。このように漱石は自分の「道」を修めて超然なる禅境を1916年(大正5年)11月19日の詩に表現している。「(前略)観道無言只入静(道を観るに言無くして只だ静に入り)/ 拈詩有句独求清(詩を拈りて句有れば独り清を求む)/ 迢迢天外去雲影(迢迢たり天外去雲の影)/ 籟籟風中落葉声(籟籟たり風中落葉の声)」と、晩年の漱石は無心道人の心境で、「観道無言只入静」と表現している。この詩で注目しなければならないのは「天外去雲影」の「去雲」である。天外に去っていく雲の影とは、去っていく雲とその雲の影まで天外に去ったことでこれはすべての煩悩妄想が消え去ってその真の道を得ることになったのを表明し、入定して無言でその道を観ずる境地を示している。そして、1916年(大正5年)11月20日夜に作られた詩、「真蹤寂寞杳難尋(真蹤は寂寞として杳かに尋ね難し)/ 欲抱虚懐歩古今(虚懐を抱いて古今に歩まんと欲す)/ 碧水碧山何有我(碧水碧山　何んぞ我れ有らん)/ 蓋天蓋地是無心(蓋天蓋地　是れ無心)/ 依稀暮色月離草(依稀たる暮色　月は草を離れ)/ 錯落秋声風在林(錯落たる秋声　風は林に在り)/ 眼耳双忘身亦失(眼耳双つながら忘れて身も亦た失い)/ 空中独唱白雲吟(空中に独り唱う白雲の吟)」は、漱石の最後の漢詩である。死の床につく直前の漱石の臨終偈と言えるくらい円熟した禅の境地を吟じているこの詩には、青少年の時から理想郷として喩えていた白雲を最後に用いているのに特に注意しなければならない。その理由として漱石は自分の漢詩に理想郷、また仙境として喩えて表現し続けたのにもかかわらず、8月14日から毎日のように午

後に漢詩を作っていた『明暗』の執筆時代には不思議にも9月16日の漢詩「思白雲時心始降（白雲を思う時　心始めて降り）に用いているだけであって以後の詩にはほとんど取り入れなく、この最後の漢詩の句「空中独唱白雲吟（空中に独り唱う白雲の吟）」に用いているからである。これは至極重要な点として考えなくてはならない。漱石にとって1916年（大正5年）はこの世を去る最後の年である。そして禅修行に集中して毎日の午後漢詩に折々の心境を醸し出したのである。この年の8月14日からこの最後の詩までおよそ七十五首も作っているのに漱石は青少年のときから表現し続けた仙境である「白雲」を用いていなかったというのは、完全に超俗から脱して真にその禅境に接することができたとき用いるという心持であったのではないか、その決心であったのでそれを体得したことを自認して自信をもってとうとう用いたのではないかと思うのである。

　「碧水碧山何有我」の無我と「蓋天蓋地是無心」の無心とともに心身俱亡の状態から禅境を得て、白雲郷で自由に逍遙しているのが解される。

　禅修行の最後の段階の無心道人を宣言しているように煩悩妄想がすっきりした悟境を体得して、希求した禅の世界にふれられた感懐を彼の理想郷として表現された「白雲」に逍遙して独り唱うのである。かつて抱いていた仙境であった禅境を得てその法悦を余念無く最後の詩句に「空中独唱白雲吟」といって、漱石は堂々と自分の悟境を示してからこの世を去ったと思う。

5. おわりに

　以上のように漱石の漢詩にとって「雲」の意味は十七、八歳頃の初期のものと二十三歳頃のものの一部はたいてい自然そのままの雲を表現しているが、以後の詩には作家の意図が象徴されて用いられていることが探られた。1900年(明治33年)以来十年間の空白を破って作った漢詩にも変わらず禅夢とともに「白雲」を詠じているが、「白雲」は漱石独特な境の意味として白雲郷、つまり漱石が願望していた仙郷である禅境を表現していることがわかる。

　また、世間すべての煩悩、分別心にたとえて「雲」を用いている。この煩悩から脱して「悟り」に達せられることを念願して漱石は独自の象徴として「雲」の意を漢詩に描いている。世間の煩悩妄想として比喩された「雲」が漱石の修行度によって「微雲」、「孤雲」とも表現され、消え去らなかった煩悩がだんだん去っていくことを表わしていることが分かる。ついで1916年(大正5年)になって「微雲」「孤雲無影」「去雲」「無雲」のように、煩悩が完全に消え去ったことを表明することにいたる。1916年(大正5年)8月14日から毎日午後漢詩を作っていた『明暗』の執筆時代には不思議にも9月16日の漢詩「思白雲時心始降」に用いてからはほとんど使わずに最後の漢詩の句「空中独唱白雲吟」に用いているのに注意したい。これは完全に超俗に達して真にその禅境に接することができたとき用いるという決心があったのではないかと思われるからである。「碧水碧山何有我」と「蓋天蓋地是無心」とともに禅境の法悦を余念無く最後に堂々と「白雲」の境で自分の悟境を唱っている。以上、漢詩に用いられた「雲」の表現を通じて漱石の修行

の程度を解することができたと思う。

参/考/文/獻

• 夏目漱石(1966)『漱石全集』岩波書店

• 夏目漱石(1994)『漱石全集』岩波書店

• 鳥井正晴･藤井淑禎編(1991)『漱石作品論集成』全十二巻　櫻楓社

• 大正新脩大蔵経刊行会(1928)『大正新脩大蔵経』大正新脩大蔵経
　刊行会

• 山田無文(1989)『碧巖錄全提唱』全十卷　禅文化研究所

• 吉川幸次郎(1967)『漱石詩注』岩波新書

• 和田利男(1974)『漱石の詩と俳句』めるくまーる社

• 和田利男(1976)『子規と漱石』めるくまーる社

• 佐古純一郎(1984)『漱石詩集全釈』二松学舎大学出版部

• 松岡讓(1966)『漱石の漢詩』朝日新聞社

• 齋藤順二(1984)『夏目漱石漢詩考』教育出版センタ

• 飯田利行(1994)『漱石詩集』柏書房

• 中村宏(1983)『漱石漢詩の世界』第一書房

• 渡部昇一(1974)『漱石と漢詩』英潮社

• 陳明順(1997)『漱石漢詩と禅の思想』勉誠社

夏目漱石の『夢十夜』

1. はじめに

　夏目漱石の『夢十夜』は、『坑夫』と『三四郎』の中間でかかれたもので1908年(明治41年)の作品である。最近にはこの作品に関する研究や関心がたかまって、人間の無意識そして意識のながれ、そのなかから展開されていくさまざまな姿などが分析研究されている。が、本論文では、彼の思想のひとつとしての仏教、禅の思想、そしてフロイトの精神分析理論の観点から考察してみようと思う。

　夢というのは無意識の状態が何らかの心像によって表現した自画像であるという理論もあるが、ことに精神分析学の「夢」の立場、すなわち意識、無意識およびその暗部からのもので、フロイトの『夢判断』を基とした夢、あるいは無意識の意味作用への認識と方法ならび無

意識のレトリックたる隠喩と換喩の問題、[1] さらにそのフロイト理論
の延長線上にあるラカンの無意識と言語は異種にして同形の構造を
そなえているという説[2] からも『夢十夜』がみられる。

　したがって、「夢」という単語の意味が多様に解釈され、定義されて
いるが、ここでは漱石がこの作品でどういう意図で「夢」を描いてい
るか、どのような想念と方法で文学化しているかを問題にして、漱石
の心の奥ふかいところに秘められている内的な面に重点をおいて研
究したいと思う。

2. 漱石における「夢」

　漱石ははやくから夢、あるいは意識、無意識を自分の作品にとり入
れている。彼は小説『吾輩は猫である』を書いてから、それにつぐかた
わら夢を描く文体として『漾虚集』を出している。この『漾虚集』におさ
めている『一夜』には夢と人生が溶けあい、それらがよく描かれてい
る。『一夜』のなかで髯ある人は、「美しき多くの人の、美しき多くの夢
を……」と夢を示唆している。それで画を活かす実際の方法を工夫
することにも「夢にすれば、すぐに活きる」といって夢にたよること
になる。そして漱石はこの『一夜』の文末に、「人生を書いたので小説
をかいたのでないから仕方がない」と表明して「夢」と「人生」をおさめ

---

1) T.イーグルトン著。大橋洋一訳(1990)『文学とは何か』岩波書店 p. 244
2) T.イーグルトン著。大橋洋一訳『文学とは何か』前掲書 p. 266

ている。どこから来てどこへ去るか分からない人生である故、「生死
の現象は夢の様なものである」[3]と、漱石自らいったとおり、人生その
ものは夢のようであるといって、この夢から醒めて、夢を夢として確
実に観ずることにしている。

　このように、漱石文学の世界にして、現実に対する非現実、あるい
は「夢」として捉えたり、単に知的構造物あるいは知的実験として理
解したり、あるいは意識の低音部に耳をすませて畏怖しつつ解決の
ない闇に向かう漱石象を描くのが、戦後の漱石研究のひとつの大き
な流れであるが[4]、このような傾向は漱石の全体象のなかから求道
者としての宗教的な側面を注視していないことを如実に示してい
る。それはとりもなおさず仏教、禅の問題に関心をもっていないこ
とにほかならないといえる。「人生」と「夢」、そして「宗教」は漱石の文
学の世界で重要なものである。宗教的な成就すなわち「禅」の参究修
行による悟りの境地に至ること、これが現実的には求めにくいこと
となげき、それを「夢」にでもたよって求めようとするのが、彼の作品
ところどころに描かれている。前述した『一夜』にももちろんである
が、世間に発表する意思がなく、純粋に自分の感情を表現して書いて
いる彼の漢詩からもそれがよくあらわれている。

　1887年(明治22年)9月20日の漢詩である。

---

3)『漱石全集』(1966) 前掲書 第11巻『『鶏頭』の序』p. 558
4) 熊坂敦子(1978)「漱石研究の示唆するもの」(『国文学 解釈と鑑賞』1978年11月号)
　　p. 146

　　　無　題

抱劍聽龍鳴　　　劍を抱いて龍鳴を聽き
讀書罵儒生　　　書を讀んで儒生を罵る
如今空高逸　　　如今空しく高逸
入夢美人声　　　夢に入る美人の声

　といって、第三句と第四句に世俗を超越した高逸の境地で美人を
夢見るのを詠じている。
　また、1894年(明治27年)3月9日の漢詩には次のように詠じられて
いる。

　　　無　題

閑却花紅柳緣春　　閑却す花紅柳緣の春
江樓何暇醉芳醇　　江樓(こうろう)　何んぞ芳醇(ほうじゅん)に醉うに暇あらん
猶憐病子多情意　　猶お憐れむ病子多情の意
独倚禅牀夢美人　　独り禅牀に倚りて美人を夢む

　この詩も先の詩と同様に両方共に、夢と結ばれていることがわか
る。漱石の年が二十三、二十八歳の時であるので、その時期までは、
まだ、願望している絶対境に接していないこと、それが実現するまで
には夢にたよっているしかない漱石の心がうかがわれる。
　この詩句には禅の境で美人を夢見るのを示している。以上の二首
の漢詩からも分かるように、ただ、夢で美人を接するのでなく、禅に

より、その境地で夢を見ると詠じていることに注目したい。ここで、美人は漱石が参究している高逸の境地、すなわち、「本来面目」を美人として表現した。まだ至っていない「悟り」の境地としての比喩である。が、その境地を現実にはもとめにくく、夢の中ではその境地をに接することができるのであると表現している。

この詩の時期に漱石は医師より肺病であると聞かれて、「死」を思い、「人間は此世に出づるよりして日日死出の用意を致す者」[5] と記しており、それから、俳句「何となう死に来た世の惜しまるる」を書き込んでいる。「生」と「死」の問題を語っている漱石は、「閑却花紅柳緑春」という禅句を第一句に詠みはじめ、第四句に「独倚禅牀夢美人」と、禅による詩を結んでいる。この詩を見ても、漱石が「生死」の問題にあたって即座に禅による心境を表現して「夢」にたよって自ら治めていることを示唆している。そして、「独倚禅牀夢美人」からは、当時の漱石の禅の修行がうかがわれる。独り座して「坐禅」を行じていながら「禅牀」で「夢」を見ていたのである。1890年（明治23年）8月9日の子規宛の手紙にもそれらが書かれている。

　　未だ池塘に芳草を生せず腹の上に松の木もはへず是と申す珍聞も
　　無之此頃では此消閑法にも殆んど怠屈仕候といつて坐禅観法は猶おで
　　きず淪茗漱水の風流気もなければ仕方なく只「寐てくらす人もありけ
　　り夢の世に」抔と吟じて独り酒落たつもりの處瘠我慢より出た風雅心
　　と御憫笑可被下候・…[6]

5)『漱石全集』前掲書 第11巻 p.56
6)『漱石全集』前掲書 第14巻 p.20

　「坐禅観法」は思ったとおりできないため、独り寐て「夢」の世にでも入って禅味を感じようとする志として、上の詩の第四句にあらわしているとおりである。これに対して考えるべきことは、青年漱石と「生死」という大問題との関係である。1890年(明治23年)8月9日の正岡子規への手紙に、「生前も眠なり死後も眠りなり生中の動作は夢なりと心得ては居れど左様に感じられない處が情けなし知らず生まれ死ぬる人何方より来たりて何かたへか去る又知らず仮の宿誰が為めに心を悩まし何によりてか目を悦ばしむると長明の悟りの言は記臆すれど悟りの実は迹方なし是も心といふ正体の知れぬ奴が五尺の身に蟄居する故と思へば郡らしく皮肉」[7]と、示しているとおり、青年漱石ははやくから「生死」という大きな問題を抱いて、真の自我を参究することに禅により、それを「夢」にでも実現したいと希望していたのである。つまり漱石にとって「夢」は「生死」を超越して禅の境地、悟りの境地に入る、それを希望する象徴的なところであるとあえて思いたい。

　フロイトによると「夢」の本質というのは、無意識の願望の象徴的充足であり、象徴的なかたちで造型されているという。漱石の『夢十夜』には「夢」を大本としながら「夢」の形象や特性に仮託して漱石自分がかかえていたいろいろの問題を意識的に言語のなかでそれらを試みていると思う。

　「こんな夢を見た」という書きだしが示しているとおり、夢の仮構もしくは意識化を明瞭に告げている『夢十夜』には、漱石の意識が

---

7) 『漱石全集』前掲書 第14巻 p. 20

はりめぐらされているのは確かである。この夢にはひとりの人間としての漱石の内面にある恐迫観念、過去に金縛りにされて不自由そのものの自分、無力でよわい心層、「生」への不安感、罪惡感などにおそれれる自分から、時間と空間を超えた自由奔放な幻想ならびに自己の真相をあらわしている。

　漱石は1910年（明治43年）に書いた『思ひ出す事など』で「意識」に関して次のように述べている。

　　吾吾の意識には敷居のような境界線があって、其線の下は暗く、其線の上は明らかであるとは現代の心理学者が一般に認識する議論の様に見えるし、又わが經驗に照しても至極と思われる。

　漱石は生涯にかけて、意識と無意識、あるいは超意識をふくめた心的現象および心理推移などを、少年のときから自ら観察と分析をして自分の文学世界にあらわしたといえる。小説『坑夫』の中でも「意識」とあわせて「思想」「感情」に関して次ぎのように述べている。

　　病気に潜伏期がある如く吾吾の思想や、感情にも潜伏期がある。此の潜伏期の間には自分で其の思想を有ちながら、其の感情に制せられながら、ちつとも自覚しない。又此の思想や感情が外界の因縁で意識の表面へ出て来る機会がないと、生涯其の思想や感情の支配を受けながら、自分は決してそんな影響を蒙つた覚えがないと主張する。[8]

---

8)『坑夫』『漱石全集』前掲書 第3巻 p. 445

　漱石が人間の存在における意識と無意識にもっとも深くこだわった作家であったことを思えば、夢と現実の交錯はその文学をつらぬくものとして、夢と現実は二分できないのであろう。その存在論的志向の中に「夢」の領域をしかと捉え、これをすぐれた方法としていることだが、この方法としての「夢」を描いた作家が漱石であるとおもう。いうまでもなく『夢十夜』の試みだが、漱石はみられた夢ならぬ、作られた「夢」を通して人間存在の深淵を、あるいは深層意識の世界にうごめく不安や渇望の所在を照らし出してみせる。

　小説『門』の新聞連載が終わった1910年(明治43年)6月16日、漱石は内幸町の胃腸病院に入院し、同年7月31日退院する。この退院の日、1900年(明治33年)以来十年間の空白を破って漢詩を作った。こうして十年の空白を破って書いた漢詩にも変わらずに「夢」を詠じているのは注目すべきことである。

　　無　題

　　来宿山中寺　　　来たり宿す山中の寺
　　更加老衲衣　　　更に加う老衲の衣
　　寂然禅夢底　　　寂然たる禅夢の底
　　窓外白雲帰　　　窓外　白雲帰る

　第三句の「寂然禅夢底」とは、まさに漱石自身が再び、禅の世界、それとともに夢の世界に帰ってきたという示唆のようである。ようやく願望していた自分の姿に戻った感じが感じられる句である。松岡

譲も、この詩の解説に「彼の禅への憧憬を示す詩の先駆的意義を持つものといってよかろう」[9]と記している。

　フロイトの精神分析では過去に金縛りにされてその影響のしたにある者がそれから脱して自由になろうとするには「無意識の意識化」が必要で、それこそ自由へ至る王道である[10]という。

　「無意識」というのは、潜在意識といっただけではとらえきれないきわめて異質的なものであって、それは場所でありまた場所でなく現実にはいっさいの無関心で、論理も、否定性も、因果関係も、矛盾も知らないまま、ひたすら欲動の本能的な戯れと快感のあくことなき追求に身をゆだねているにすぎないのである。無意識の意識化とは、無意識のうらに各自の行動を支配している過去のどんな体験がどんなふうに行動を支配してきたかを具体的に気付くことなのである。気付けばそれにふりまわされなくなるのであるが、気付かなかった問題がおおきく取りだされる場合は、かえって、悩みがふかくなるという。

　漱石は『夢十夜』に無意識下に抑圧されているものを想起し、悩み、言語という意識作用の記号によって表現して「夢」の作業をしたのであろう。

9)　松岡譲(1966)『漱石の漢詩』朝日新聞社 p. 87
10)　T.イーグルトン著。大橋洋一訳(1990)『文学とは何か』岩波書店 p. 243

3.『夢十夜』の展開

　ここでは「夢十夜」のなかのさまざまな要因を仏教、禅、精神分析的理論などによって論ずることにする。

　まず、第一夜は愛と死とをめぐって死よりも愛の問題を強くしている。また、時間に関しても時間を超える時間、すなわち永遠として表現されている。

　本文の中で女は、

> 「死んだら、埋めて下さい。大きな真珠貝で穴を掘って。そうして天から落ちて来る星の破片を墓標に置いて下さい。そうして墓の傍に待っていて下さい又逢いに来ますから。」

という。その待つ時間に対しては、

> 「百年待っていて下さい」と思い切った声で云った。「百年、私の墓の傍にって待っていて下さい。屹度逢いに来ますから。」

といい、百年の期間を示めしている。それで女は涙を頬へ垂れたまま死ぬ。「自分」は女がいうとおりにして埋める。それで日の出没をかぞえるうち、白百合にあい、「百年はもう来ていたんだな」と、百年の年月が来ていることに気がつく。

　百年というのは長い時間であるが、ここでは時間を超越する意味でつかわれたと考えられる。死はそれですべでがおわる意味でな

く、「屹度逢いに来ますから」という女の答えからもわかるように、只
待っている現在の自分と遠い未来であった百年、そして百年が来る
前の百年前の過去、これらが一つになったのは、過去も、現在も、未
来も一瞬の刹那的なことであるというのを漱石は意図的に描いたの
ではないか。いいかえると、生と死、過去、現在、未来その時間は分離
されているのではなく、共存している概念の示唆ではないか。

　佛教經典である『金剛般若波羅密經』の「一体同観分」に見ると、

　　爾所国土中所有衆生若干種心如来悉如何以故如来説諸心皆為非心
　是名為心所以者何須菩提過去心不可得現在心不可得未来心不可得
　　そこばくの国土の中のあらゆる衆生の若干種の心を、如来は悉く
　知る何を以ての故に、如来は、もろくの心を説きて、皆非心となせば
　なり。これを名づけて心となす。故はいかに、須菩提よ、過去心も不可
　得、現在心も不可得、未来心も不可得なればなり。[11]

と説いている通り、過去、現在、未来は得られないという道理から
起因したのではないかと思われる。そしてもし死んだ女の還生が白
百合ならば、仏教の輪廻思想を隠喩しているのではないかとも思う
ことができる。したがって死はおわるという意味ではなく、また逢え
るというもう一つの始まりとして認識される。「生前も眠なり死後も
眠りなり生中の動作は夢なりと心得ては居れど左様に感じられない
處が情けなし知らず生まれ死ぬる人何方より来たりて何かたへか去

---

11) 中村元。紀野一義訳注(1968)『般若心經・金剛般若經』岩波文庫 p. 102

る又知らず」[12)]という漱石の生死観については、1913年(大正3年)11月14日の岡田耕三宛の書簡にも次ぎのような内容で書かれているのが見られる。

　私は意識が生のすべてであると考へるが同じ意識が私の全部とは思はない死んでも自分［は］あるしかも本来の自分には死んで始めて還れるのだと考へてゐる。(中略)然し君は私と同じやうに死を人間の帰着する最も幸な状態だと合点してゐるなら気の毒でもなく悲しくもない却って喜ばしいのです。[13)]

　ここで「意識が私の全部とは思わない死んでも自分はある」「死んで始めて還れる」という見解に注目される。まさに第一夜の自分が女の還生である白百合との逢いを語っているようである。

　フロイトの精神分析の文学理論にとっては、「夢」の本質をあつかった『夢判断』では、文学作品は意識的作業に関係があるのに対して、夢はそうではないというちがいはある。「夢」の「原材料」、つまり、フロイトが夢の「潜在内容」といわれているものは、無意識の願望、睡眠の中に受ける肉体的刺戟、前の日の経験からえられたイメージ群から成るという[14)]。しかし、「夢」そのものは「夢の作業」として知られている原材料の集約加工の所産である。したがって、「夢」は無意識のたんなる「表出」もしくは「複製」ではない「二次加工」によって

---

12) 『漱石全集』前掲書 第14巻 p. 20
13) 『漱石全集』前掲書 第15巻 p. 414
14) T。イーグルトン著。大橋洋一訳(1990)『文学とは何か』前掲書 p. 277

「夢」は体系化され、空白部が埋められ、矛盾が均らされて混沌とした要素がより一貫性のある物語へと再統合されるのである。

　第一夜で死を乗りこえての愛の不滅もしくは永遠というものが、漱石にとっては、限られている「生」への不安感から脱して永遠なものをたえず追求したことから来たのではないかと思う。こういう問題は第二夜でみられる。

　第二夜では漱石が一生の問題である参禅を通じての悟りへの願望の話である。漱石がかつて鎌倉の円覚寺に参禅したときの自己体験が基盤となってその当時、悟らぬ自分に責め苛むことである。「一趙州曰く無と、無とは何だ。」無はちっとも現前しない。と苦しむのは漱石自身の苦しさであるのをいわゆるフロイトの、文学テクストの「二次加工」形式として「調和」「一貫性」「深層構造」あるいは「本質的意味」を強迫観念に追い求めながら、テクストの空白部を埋め、矛盾箇所を均質化し、異質な側面を馴致し葛藤を解消しているのである。

　「一趙州曰く無と、無とは何だ。」は、中国唐時代の禅僧従諗(778-897)の公安で、『無門関』第一則の「趙州の狗子」である。「趙州和尚、因みに僧問う、狗子に還って仏性有りや也た無しや。」州云く、「無」とあって[15]。いわゆる「趙州の無字」で、犬に仏性があるにもかかわらず、趙州の「無」と言った法理として知られている公案である。

　漱石は、見性の志を持ってすでに独り旅で禅寺を訪ねたり、坐禅観法したりしていた。しかし、この時期に彼に与えられた公案に対しては、まだ納得できぬままであったのであろう。この事実は漱石にとっ

---

15)『大正新脩大蔵經』(1973) 第48巻『無門関』大正新脩大蔵經刊行会 p. 292

て、一生の宿題となり、強い刺激になったと思われるし、さらに言え
ば彼の人生の方向が決められた一つの動機になったのではないかと
考える。二十六歳の時、鎌倉円覚寺で初めに与えられた「趙州の無字」
の公案、それは理屈では解けない問題であったので、漱石はいっそう
奮い立ったのかも知れない。1910年(明治43年)4月18日の談話「色気
を去れよ」のなかに、当時、「趙州の無字」の公案についての回想が書
かれている。

　　喚鐘を敲いて老師の前に出ると宗演さんは莞爾笑って簡単な禅の
　心得を語り、終つて慥か趙州の無字を公案として授かつた。居室に帰
　り一向専念、無？無？無？無？無？（中略）斯くて再び参禅が始まる。
　私の順番になつて未明に授かつた公案について見解を述べる。言下に
　退けられて了ふ。今度は哲学式の理屈をいふと尚更駄目だと取合わ
　ぬ。[16]

　さて、1894年(明治24年)、周知のとおり再び円覚寺に行く。理屈で
なく、真心で悟らなければならないと思い立って、本格的な参禅を決
行したのであろう。そして、絶対の境地を目指したのであると思う。
この第二夜は後1910年(明治43年)に書かれた小説『門』へと発展され
たと思う。
　第三夜は、百年前の親殺の罪の夢である。わすれていた過去百年
前に向かって盲目の六歳の自分の子供を背負っていく親の物語であ

---

16)『漱石全集』前掲書 第16巻 p.682

る。

　「御前がおれを殺したのは今から丁度百年前だね。」

　という子供の言葉をきくやいなや「今から百年前文化五年の辰年
のこんな闇の像に此の杉の根で、一人の盲目を殺したという自覚」が
忽然として頭のなかに起った。ということで、フロイトの精神分析学
的には漱石の内部にエディプス・コンプレックスが潜在していたこと
と解釈することができるだろう。また、原罪的な不安を暗い意識下の
側面として把握することもできるだろう。けれどもこの第三夜の親
子の関係は、仏教において「業」ということで前生の業が現世まで現
われて、それが因果応報や来世観というもので応報を招いたり、また
その業によって生死輪回を引き起していくことを描いたのであると
思う。百年という時間もやはり、自分の過去、現在、未来を悉く照さ
れ、その象徴として背中の子供が提示されている。漱石は、以上のよ
うな仏教思想の観点に立脚して人間の罪を考え、「業」による因果応
報や生死輪回を示唆したものであると思われる。
　第四夜は爺さんとお神さんの話から爺さんの身分と行方を推測す
ることができる内容である。
　次はお神さんが聞いて、御爺さんが答える対話である。

　「御爺さんは幾年かね。」
　「幾年か忘れたよ。」
　「御爺さんの家は何處かね。」

「臍の奥だよ。」

「どこへ行くかね。」

「あっちへ行くよ。」

　年も知らず、どこへ行くかもはっきりしていなく漠然であり、どこから来たかにはただ「臍の奥」である。すると、ここで「臍の奥」というのはどういう意味かについて考えてみると、もしかすると漱石は仏教でいう禅の公安のひとつである「父母未生以前本来面目」にかかわるものとして、人間自体の根源を描いたのではないだろうかと思う。

　「本来面目」というのは、中国禅宗の六代祖師の慧能禅師が使用した語として、『六祖法宝壇経』によると、慧能が慧明に教示する場で、「不思善不思惡正與麼時、那箇是明上座本来面目（不思善不思惡、正與麼の時、那箇が是れ明上座本来の面目）」[17]と「本来面目」に関して語られている。

　ここで、六祖慧能がいった「本来面目」は、人たちが持っている本来の自己、真実の我、本より喜怒哀楽の情に動かされない自分の本当の姿、人為的でない本然そのままの面目をいう。

　1893年（明治26年）春頃、また1894年（明治27年）12月23日から翌年1月7日まで、鎌倉円覚寺の帰源院に投宿しながら管長釈宗演のもとで参禅することになる。ここで漱石が釈宗演より与えられた公案の一つが「父母未生以前の「本来面目」とは如何ん」である。公案の参究に

---

17)　伊藤古鑑(1967)『六祖法寶壇經』其中堂 p. 43

はげんだが、釈宗演から快い認定を受けられない。漱石はこういう釈宗演の批評を承認するのみならず、当時のことを円覚寺の参禅が終わってから三日目の1895年(明治28年)1月10日、齋藤阿具宛の書簡に次のように率直に書いている。

　　　小子去冬より鎌倉の楞伽窟に参禅の為め帰源院と申す處に止宿致
　　　し旬日の間折鐺裏の粥にて飯袋を養ひ漸く一昨日下山の上帰京仕候
　　　五百生の野狐禅遂に本来の面目を撥出し来らず[18]

そして、漱石は「本来面目」の公案に対する答案の表現として、「休向画龍慢点睛、画龍躍處妖雲横、真龍本来無面目、雨黒風白臥空谷(劃龍に向かって慢りに睛を点ずるを休めよ、劃龍の躍る處妖雲横たわる、真龍は本来面目無く、雨黒く風白くして空谷に臥す(後略))」と、1916年(大正5年)10月8日、漢詩を残すことに至る。

　1908年(明治41年)に書いた「『鶏頭』の序」で、「所謂生死の現象は夢の様なものである」[19]と記しているように、実に人生は夢のようであるとおもい、漱石は生涯にかけて「父母未生以前本来面目」をわすれず参究していたことがわかる詩である。上の詩の第三句に、竜を包含した万物が各各ととのえていると思った「本来面目」が、もともとはない「本来無面目」である見處に至ったのを確言して詠じている。

　第四夜の御爺さんが川にはいってなくなることに関しては、1905、1906年(明治38、39年)の「断片」に「　年寄ノdescription只道ア

18)『漱石全集』前掲書 第14巻 p.64
19)『漱石全集』前掲書 第11巻『鶏頭』の序」p.558

ル方ニ行く。Tavernデ昔シノ何年年月、ニ来タカト聞ク。傍人知ラズ
ト云。川ノ邊ニ出る。川の中に入る。」とあり、また1907年(明治40年)
頃の「断片」にも、「○川へ這入つて、ずんずん行く。仕舞に首がなくな
つたぎり出て来ない」とあることから参考される。これは、『夢十夜』
を書く二、三年前の書きこみだから、この「断片」がその前兆としてか
かわりがあると思われる。ここで、蛇は人間のはかない欲望と好奇心
を表わすため登場させたのではないかと考えられる。「今に其の手拭
が蛇になるから、見て居ろう。見て居ろう」といって、子供は蛇を見よ
うとしても、蛇を見せてくれる爺さんはざぶざぶ河の中へ這入り出
して胸の方迄水に浸って見えなくなる。それでも、「深くなる、夜にな
る、真直になる」と唄いながら、そうして鬠も顔も頭も頭巾も丸で見
えなくなって仕舞った。といって子供は蛇を見ることができなかっ
た。これは、1905年(明治38年)に書かれた菊池貫一郎の『江戸繪本風
俗往来』によると、「多く人の集まりて遊べる土地の傍へ出でて、演者
と太鼓打ちはやす者、錢買う者と三人くらいにて、太鼓打ちはやすと
演者立ち出でて、最初手巾を捻りながら蛇を作る。………手巾作りの
蛇はやがて生きて這い出さんず光景に、………」とあって、当時の情
景が描寫されている。漱石はすでに見物したことぎあるこれを夢の
物語にして、おわりまで見られなかった手巾作りの蛇に対する期待
と失望が意識のなかではたらいたのであろう。この第四夜は、どこか
ら来てどこへ行くかをしらず人間の存在の根源「父母未生以前本来面
目」を求めようとする願望と、期待の成就しない失望と挫折を描いて
いる夢の物語であるといえる。
　第五夜は、武将と女の最後の逢瀬を天探女が妨げる話で、悲恋であ

る。余程古い昔の事で、自分は敵の大將の前に引きずられて「死ぬか生きるか」と聞かれて「死ぬ」と答えてから、死ぬ前に恋しい女に会いたいという。大将は夜が明けて鶏が鳴くまで待つというが、二人は鶏が鳴く真似をした自分の敵である天探女のためあえなくなる。

　フロイトの精神分析理論は、人間を他の哺乳動物と同じように本能のかたまりだと見る。本能のなかみは生の本能(リビド-)と死の本能(タナトス)とであり、人間は本能充足を求めて生きているという[20]。また、フロイトは性欲動に対して自己保存をめざす「自我本能」といった非性的なちからをいつも対比して考えていう。第四夜でも爺さんの生と死についても漱石自分はただ本能的に「深くなる、夜になる、真直になる」として生と死を、真直になる深い夜になる生から死のつながりをいったのではないか。第五夜にも、やはり生と死の葛藤として、不安、恐怖、罪惡感などの原因から起こるのが深夜の眠りの中へ象徴的な姿となつて現われてくる。性はまた生に通じるという理論は、「死ぬ」と自分はいっても「女に会いたい」という人間の本能であるリビド-をいっている。二人の男女の間にあらわれた天探女は、自己矛盾の心奥内に派生した人間内部の必然的な惡で、人間そのものが、惡および善の否定者として描かれていることであろう。天探女が惡行の結果、愛が死をもたらすことで、タナトスをこえられない愛の否定が考えられる。まさに運命が感じられる文である。

　第六夜は運慶という人が護国寺の門で仁王を刻んでいるのを見て、昔の人が今時分まで生きているか、どうも不思議な事があると考

---

20) 『T.イーグルトン著。大橋洋一訳(1990)『文学とは何か』前掲書 p. 240

えながら、運慶の見事な彫刻のように自分も彫り始めて見てもできないという話である。漱石は自分がもっている能力を再確認しようとしている心の動きに着目しているだろう。

　フロイトによると、夢は、無意識の世界の自我が眠っているすきに意識の世界に踊り出たもので、心の奥を見るには自由連想法による夢の分析が最適の方法であるという。無意識の意識化は今まで気付かずにいた自他の行動の仕方やくせに気付き、そういう行動やくせの意図を知り、何故そういう感情を待つに至ったか、その由来を発見することであるという。

　木を彫っても仁王は見あたらなかった。それで「遂に明治の木には到底仁王は埋っていないものだと悟った。それで運慶が今日迄生きている理由も略解った」と運慶のような彫刻を作れないので、今日まで生き残っているゆえんであるのを発見したのである。漱石は、無意識を意識化して鋭く自己分析する強い面を持って、過去、現在の時間を超えて試みたのであろう。

　次は運慶が彫刻を作ることをみて若い男子がいうのである。

　　「人間を拵へるよりも余っ程骨が折れるだろう。」
　　「あの鑿と槌の使い方を見給へ。大自在の妙境に達している。」

「自分」は無造作に「大自在の妙境に達」して彫刻する運慶を見てあんまり感心する。ここで漱石の願望がみられる。漱石はこの世の中に生きていながら、人生にとって一番高い態度は「大自在の妙境に達」

することであると思っただろう。次は1916年(大正5年)11月の初め、
漱石山房における木曜会の席上で、宗教的問答をした時、弟子達の質
問に答えたものである。

> 「いったい人間といふものは、相當修行をつめば、精神的にその邊ま
> で到達することはどうやら出来るが、しかし肉体の法則が中中精神的
> の悟りの全部を容易に実現してくれない。
> 「それに順つて、それを自在にコントロールする事だらうな、そこに
> つまり修行がいるんだね。さういふ事といふものは一見逃避的に見え
> るものだが、其実人生に於ける一番高い態度だらうと思う。[21]

　また、1915年(大正4年)一月頃より11月頃までと記されている「断
片」にもそれを認知した文句が書かれている。

- 心機一転、外部の刺激による。又内部の膠着力による。
- 一度絶対の境地に達して、又相対に首を出したものは容易
   に心機一転ができる。
- 屢絶対の境地に達するものは屢心機一転することを得
- 自由に絶対の境地に入るものは自由に心機の一転を得

　漱石は人間が絶対境に達することになると、それは実に大自在に
なる至高の境地であることを示唆している。そして、第六夜に「大自
在の妙境に達」する願望を描いているとおもう。

---

21)　松岡譲(1934)『漱石先生』「宗教的問答」岩波書店 p. 102

　第七夜は、おおきな船に乗って絶間なくいく夢の話である。「自分は大変心細くなつた。何時陸へ上がれる事か分からない。そうして何處へ行くのだかしれない」「自分は益詰らなくなった。とうとう死ぬ事に決心した」という文でわかるように、落ちて行く日を追縣て船が黒い煙を吐きながら進んでいるだけなので究極には何處へいくのかがわからず身を投げて死んでその不安からのがれることにしたのである。ここで海はいわゆる「生」という不安として、漱石が一生思い込んでいた暗い意識下の低音部で、心の奥に抱いていた問題であろう。人間はどこから来てどこへ行くかという生と死に対する根源的なものがいつも漱石自分の中にあったのであろうから、夢の原材料として夢の形成に関与する無意識の欲動に接近できたのである。フロイトの夢理論によると夢と同じように、文学作品もある特定の「原材料」を用いて、これらを特殊な技術で生産物へと加工する。この生産をおこなわしめる技術とは、私たちが「文学形式」と称しているさまざまな技法である。

　「船と縁が切れた其の刹那に急に命が惜くなった。心の底からよせばよかったと思った」といってすぐ後悔する人間の姿を表わしている。「自分は下處へ行くんだか判らない船でも、矢っ張り乗って居る方がよかったと始めて悟りながらしかも其の悟りを利用する事が出来ずに、無限の後悔と恐怖とを抱いて黒い波の方へ静かに落ちていった」という。人間とはいつかは一つを選択しなければならない問題である生と死に関して、漱石は自分もふくんで日が東から西へ、西から東へと巡廻するように、人間も生と死を巡廻するということからのがれたい欲望を描いたのではないか。生は死へ、死は生へという

どちらも後悔と恐怖はあるはず、仏教でいう解脱の必要性が思われる夢の話である。

　第八夜は、髪を刈ってもらう床屋で、六つの鏡に映った窓のそとを描寫している話である。パナマ帽子を被った壓太郎、豆腐屋、芸者、大柄な女、などを鏡を通じて見た。床屋で鏡に映ったものを見る場面は小説『門』の第十三章にも次のように描かれている。

　　年の暮に、事を好むしか思はれない世間の人が、故意と短い日を前
　へ押し出したがつて、齷齪する様子を見ると、宗助は猶の事この茫漠
　たる恐怖の念に襲はれた。成らうことなら、自分丈は陰気な暗い師走
　の中に一人残つてゐたい思さへ起きた。漸く自分の番が来て、彼は冷
　たい鏡のうちに、自分の影を見出したとき、不圖この影は本来何者だ
　らうと眺めた、首から下は真白な布に包まれて、自分の着てゐる着物
　の色も縞も全く見えなかつた。[22]

　鏡のうちを見て「不図この影は本来何者だろう」というのは、前述した禅の公案の一つである「父母未生以前の本来面目」につながっていることである。即ち、、彼の人生を左右することになったといえる重要な問題として、公案「本来面目」の参究に向かっての精進を示しているのである。

　漱石がよく作品の中に「鏡」をとりあげているのは、少年のときから仏教、禅書を親しくしたからだと思われる。「鏡」は、禅宗の六祖慧能大師が五祖弘忍大師が居する黄梅山に居るとき、五祖弘忍大師の

---

22)『門』『漱石全集』前掲書 第4巻 p. 757

上首弟子であった神秀が「身是菩提樹　心如明鏡臺　時時勤拂拭　勿使惹塵埃」と書いて貼ったものを見て六祖がその意味をなおして、「菩提本無樹/　明鏡亦非臺/　本来無一物/　何處惹塵埃(菩提本樹無し、明鏡亦臺に非ず、本来無一物、何れの處にか塵埃を惹かん)[23]とあるのがあげられるし、『大智度論』の第六卷に、諸法を比喩して十種の例をあげている中でも出ている。

　　　解了諸法如幻如焰如水中月如虛空如響如闥婆城如夢如影如鏡中像如

　　　諸法は幻の如く、焰の如く、水中月の如く、虛空の如く、響の如く、闥婆城の如く、夢の如く、影の如く、鏡中の像の如く、化の如しと解了す。[24]

このように、夢、鏡中像は、諸法が実体がないことを比喩することに、仏家、禅家でしばじは使われている語である。

また、この話で「鏡」というのは、ラカンの「鏡像」を連想させる。鏡の前に立つ「記号表現」は、鏡像という「記号表現」のなかに「十全性」、全一なる無の同一性しか見いださない。記号表現と記号内容との間、主体と世界との間に、両者を切りさくいかなる亀裂も走ってはいない。といって鏡像という「メタファ-的」世界は言語という「メトニミ-的」世界へとその場所をゆずったのだといっている[25]。鏡に映った内

---

23) 伊藤古鑑(1967)『六祖法寶壇經』其中堂 p.36
24) 『大正新脩大藏經』第25卷『大智度初品十喩釈論』第6卷 p.101
25) T.イーグルトン著。大橋洋一訳(1990)『文学とは何か』前掲書 p.258

容は、夢のなかでの現実の日常性の象徴として表現して、漱石は意識的に、鏡の中と実在との関係を考えたのではないか。「存在を空虚にして欲望へと変えるもの」であるラカンの理論に合わせてみたことである。[26]

　第九夜は、夢の中で夢の話である。三つになる子供に母はとくの昔に殺されている父の話をしている。すでに死んだ父のため幾晩となく母はお百度を踏み、気をもんでいて夜の日も寝ずに心配している。死者である父と生者との紐帯を象徴する八幡宮の鈴の音は、背中の子供さえ目を覚ますようにする。

　精神分析的理論によれば、想像界には死は存在しない。なぜなら、世界の連続的なありようは、私の生を中心にして組みたてられるとともに、私の生もまた世界を中心にして組みたてられ、この二つの間には差異はないからだという。夢のなかで母は自分の想像界で父は死者でないものとして、漱石は描寫している。

　第十夜は、第八夜に登場した壓太郎が女に攫われた話である。壓太郎と女の対話で、「もし思い切って飛び込まなければ、豚に舐められますが好う御座んすか」と、一種の脅される壓太郎は命には易へられないと思ったが、「遙の青草原の尽きる邊から幾万匹か數へ切らぬ豚が群をなして一直線に、此絶壁の上に立っている壓太郎を見懸けて鼻を鳴らしてくる。壓太郎は心から恐縮した」壓太郎はとうとう女のため不幸な出来事でおわるという内容である。壓太郎と女と豚の関係は死ということで結ばれている。フロイトの女の子のエディプス

---

26) T.イーグルトン著。大橋洋一訳『文学とは何か』前掲書 p. 255

化の過程に関する説明が、女性差別と容易にきりはなせぬものであ
ることは確かだという説で見れば、第十夜の女に対して女性蔑視と
偏見にみちた態度で描いたのではないか。そしてその結果として死
という暗いものに豚を登場させて、助かろうとして必死の勇を振っ
て生へ執着する庄太郎をあらわしたのであろう。

　小説『三四郎』には石火の如く刹那の出来事に対して三四郎は人間
の命を考える、生と死が瞬間の間に異なる次元におかれることとし
て存在していることに恐る。生死は共存するのである。そして。
三四郎はその生と死から因果と運命のことを引き出すことになる。
漱石はこれに対して次のように書いている。

　　三四郎の目の前には、ありありと先刻の女の顔が見える。其顔と「あ
　　ああ、‥‥」と云つた力のない声と、其二つの奥に潜んで居るべき筈
　　の無残な運命とを繼ぎ合はして考へて見ると、人生と云ふ丈夫さうな
　　命の根が、知らぬ間に、ゆるんで、何時でも暗闇へ浮き出して行きさう
　　に思はれる。[27)]

　ここで漱石は、人生において死の存在を読者にあまりにも強調し
ている感じがする。それが作者の意図であると思われる。人生とい
う空しさ、生と死の差、自分の身体でありながらも生と死を自由に
去来することができない無力、それに因果と運命の恐ろしさを感じ
させ、それらから解放されるべき道を強く暗示しているのであろ

27)『漱石全集』前掲書 第4巻 p. 55

う。

　人生というのは、これほどはかないものであるか。丈夫そうな命の根は暗闇へ浮き出して、一体どこへ行くのであろうか。漱石はこのような「生死」、「命根」の問題をめぐって、後の漢詩にも　その心境を詠じている。1910年(明治43年)10月の詩である。

　　　無　題

　　　縹緲玄黄外　　　縹緲たる玄黄の外
　　　死生交謝時　　　死生　交ごも謝する時
　　　寄託冥然去　　　寄託　冥然として去り
　　　我心何所之　　　我が心　何の之く所ぞ
　　　帰来覚命根　　　帰来　命根を覓む
　　　杳窅竟難知　　　杳窅に知り難し
　　　孤愁空邀夢　　　孤愁　空しく夢を邀り
　　　宛動蕭瑟悲　　　宛として蕭瑟の悲しみを動かす
　　　(後略)

　生者必滅と死後に対する恐怖心が見えるこの詩には、人生無常を超克しようとする欲求が含まれている。「我心何所之」は、「生死」とその「命根」の実体の去来処を把握したい願いが「孤愁空邀夢」としてうまく表現されている。

　漱石は、人生において死の存在に対する不安感、人生という空しさ、生と死を自由に去来することができない無力、それに因果と運命の恐ろしさを強く暗示しているのであろう。このような生死に対

し、1915年(大正4年)の「断片」からも見つかることで、次ぎのように
まとめて書かれている。

　　　生よりも死、然し是では生を厭ふといふ意味があるから、生死を一
　　貫しなくてはならない。(もしくは超越)、すると現象即実在、相対即絶
　　対でなくては不可になる。「それは理屈でさうなる順序だと考へる丈
　　なのでせう」「さうかも知れない」「考へてそこへ到れるのですか」「ただ
　　行きたいと思ふのです」[28]

といって、生死を一貫しなければならないという生死超越観の至
極重要なこととして注目している。この世のすべては相対的である
ので、これらすべてから超越して絶対の境地にはいれると、現象即実
在、相対即絶対の道に到達することができると漱石は考え切ったの
であろう。

4.おわりに

漱石が言っている死と生の問題は単なる意味ではないと思われ
る。それは、絶対の世界と相対の世界の問題であると言えることで、
死んだら全てが終わる、という意味より、死んでも本来の面目である
絶対の境地はそのままであることを示唆している。生死を一貫しな

---

28)『漱石全集』前掲書 第13巻 p.774

ければならないという生死超越観は至極重要な観念として注目したい。すべてから超越して絶対の境地にはいって、相対即絶対の道に到達しようと漱石は生涯にかけて禅により求道したのであろう。

　『夢十夜』で示唆した百年、死などはその自体がすべてがおわる意味でなく生死輪廻、因果応報でつながって、百年は単に時間を超越した瞬間の刹那的なことであると漱石は意図的に描寫したのであると思われる。親子殺害に対しては仏教の「業」思想と関連されるもので前生の業が現世にまであらわれて、因果応報を招来したり、またその業によって生死輪回をおこすという点を仏教的な観点から描寫している。また漱石が一生の問題であった参禅を通して悟りへの願望の話、漱石が二十六、七歳のとき鎌倉の円覚寺で参禅の体験が基盤になって「趙州の無字」という話頭に対する苦悩を描いている。所謂フロイトの文学のテキストである「二次加工」形式として「調和」「一貫性」「深層構造」あるいは「本質的　意味」強迫観念で追求しながらその空白部を埋めて矛盾な部分を均質化して異質的な側面として葛藤を解消することである。

　このように、『夢十夜』の第十夜まで不充分ではあるが、夏目漱石の心の奥にふかく潜んでいるものを夢の分析と解釈によって心の無意識の層にどれほど到達したかに対して考察してみたがその程度は言い難い。けれども精神分析の骨子が「過去指向」であり、「無意識志向」であるのにもとにして、無意識の意識化として一貫性のある物語へと再統合される夢の作業によって作品『夢十夜』が書かれたと見ることができる。文学作品を読者のなかに無意識幻想とそれに対する意識的防衛との相互作用をよびさますものと考えるというフロイト的

文学批評、そして仏教の話頭(公安)である「趙州無字」、「父母未生以前本来面目」に関係される内容で人間自体の根源を探究したと思われる作品である。

参/考/文/獻

- 夏目漱石(1966)『漱石全集』岩波書店
- T.イーグルトン著。大橋洋一訳(1990)『文学とは何か』岩波書店
- 小宮豊隆(1953)『夏目漱石』一　岩波書店
- 小宮豊隆(1953)『夏目漱石』二　岩波書店
- 小宮豊隆(1953)『夏目漱石』三　岩波書店
- 竹盛天雄編(1982)『夏目漱石必携』学灯社
- 三好行雄編(1984)『鑑賞日本現代文学· 夏目漱石』角川書店
- 江藤淳『江藤淳文学集成· 夏目漱石論集』河出書房新社
- 『日本文学研究資料叢書 夏目漱石』(1982) 有精堂
- 平岡敏夫編(1991)『夏目漱石研究資料集成』全十一卷　日本圖書センター
- 『大正新脩大蔵經』(1928)大正新脩大蔵經刊行会
- 山田無文(1989)『碧巖録全提唱』全10卷 禅文化研究所
- 平岡敏夫(1991)『日本文学研究大成· 夏目漱石』圖書刊行会
- 江藤淳(1970)『漱石とその時代』第一部 新潮社
- 江藤淳(1970)『漱石とその時代』第二部 新潮社
- 片岡懋編(1988)『夏目漱石とその周邊』新典社
- 三好行雄編(1990)『別冊国文学· 夏目漱石事典』学灯社
- 佐藤泰正(1986)『夏目漱石論』筑摩書房
- 柄谷行人(1992)『漱石論集成』第三文明社
- 佐古純一郎(1978)『夏目漱石論』審美社
- 松村達雄(1962)『夏目漱石一人と作品』赤門文学会編

- 松岡譲(1934)『漱石先生』「宗教的問答」岩波書店
- 村岡勇(1968)『漱石資料－文学論ノート』岩波書店
- 吉川幸次郎(1967)『漱石詩集』岩波新書
- 佐古純一郎(1983)『漱石詩集全釈』二松学舎大学出版部
- 松岡譲(1966)『漱石の漢詩』朝日新聞社
- 中村元外編(1989)『佛教辭典』岩波書店
- 中村元。紀野一義訳注(1968)『般若心經· 金剛般若經』岩波文庫
- 中村真一郎(1951)「『意識の流れ』小説の傳統」『文学の魅力』所収
- 岡崎義惠(1968)『漱石と則天去私』寶文館出版株式会社
- 森田草平(1967)『夏目漱石』筑摩書房
- 宮井一郎(1982)『漱石の世界』圖書刊行会

漱石の「父母未生以前本来面目」考

1. はじめに

　「父母未生以前本来面目」とは何かは仏教の公案の一つで、悟りを
得るためその真理を求めて精進すること、つまり我とは何か、「心の
正体(本体)」とは何かという問題である。1890年(明治23年)8月9日の
親友正岡子規への手紙に、「生まれ死ぬる人何方より来たりて何かた
へか去る又知らず仮の宿誰が為めに心を悩まし何によりてか目を悦
ばしむると長明の悟りの言は記臆すれど悟りの実は迹方なし是も心
といふ正体の知れぬ奴が五尺の身に蟄居する故と思へば悪らしく」[1]
と、示したとおり、かつて漱石は「心の正体」を探究し、独りの人間と
して悩みつづけていたのである。そしてこういう重苦しい問題を解
決するため、禅の公案をもって世俗超越の境の真の我を参究しよう

---

1) 『漱石全集』(1966) 岩波書店　第14巻　p. 20

としたのであろう。それで「人生」という問題を解く道としてまたその実体をつかまえられずにいる自分に、禅への傾倒は当然なことで見性成仏の参究に励むことになったと思われる。つまり彼はこの世に何をしに生まれてきたのか、必境何か成すべきことがある、それが何であろうかと考え込んで強く悩んだあげく禅にたよってその答えを得ようとしたのであると思う。これは十代から身につけていた東洋思想と漢学の影響からであろうと推測される。

　このような心境を持っていた漱石はその解決の道として「悟り」へ志を向け、その実行のため、1893年(明治26年)春頃、また1894年(明治27年)12月23日から翌年1月7日まで、鎌倉、円覚寺の帰源院に投宿しながら管長釈宗演のもとで参禅することになる。ここで釈宗演より与えられた公案の一つが「父母未生以前本来面目」とは何かである。漱石はこの時の参禅の間はもちろん公案の参究にはげみ、その後もこの公案はあきらめず彼の生涯にかけて自分の作品、日記、断片などを通じて絶えず参究しつつ表現し続けている。この論ではこういう漱石と公案「父母未生以前本来面目」について考察しようと思う。

2.「父母未生以前本来面目」の参究

　漱石が禅の公案の参究に精進したのは、他力にたよることなく、自力で「道」を悟ることができるという仏教の道理を重んじていたからであろう。こういうのは松岡譲が『思想』第196号で「漱石は、宗教を

「救ひ」の面で見ないで、「悟り」の面で見ていた[2]といっていることからも分かる。自分以外の相対に自分をまかせる宗教より自らそれを解決する悟りを得ることに注意したようである。その方法として選択したのが仏教の参禅である。

　それで周知のとおり円覚寺に行って本格的な参禅を決行したのであろう。その参禅の体験は小説『門』に当時の状態と心境を詳しく描いている。そして、公案「父母未生以前本來面目」に向けて見性成仏を目指したと思う。小説『門』にこういう心情について次のように描寫している。

　　今迄は忍耐で世を渡つて来た。是からは積極的に人世観を作り易へなければならなかつた。さうして其人世観は口で述べるもの、頭で聞くものでは駄目であつた。心の実質が太くなるものでなくては駄目であつた。[3]

日常の生活から生じる苦悩から超脱して、真の我に立った積極的な人生観を作らなければならないということである。そうしなければ、いつものようにこの世の苦しみだらけの中で一生を過ごすことに決まっているにちがいないと思ったのである。苦痛の自分を救う解決の方案として、「心の実質が太くなるものでなくては駄目」であることを心深く自覚したのである。「心の実質」というのは心の本体、真心と言い喚えられる語で、見性成仏を得ることができる道とし

2) 松岡譲(1938)「夏目漱石」『思想』第196号『夏目漱石研究資料集成』第9巻 p. 270
3) 『漱石全集』前掲書 第4巻 p. 822

て「本来面目」の参究を指しているともいえる。つまり、禅の境地に達する希求を意味していると思われる。

　漱石は、独りの人間として、この世の中で至極愚凡な存在の衆生としての自分自身に対して決して満足することができなかった故、「心の実質」を求め、それらを小説『門』の主人公宗助を通じて、人生においての煩悩妄想の体験を切実に付与して描くことが十分できたのである。そして、日常の我から脱して絶対の真我に至ろうとする参禅の道を選んだ理由が説かれたのである。『門』の主人公宗助は床屋で年の暮れに世間の人が故意と短い日を前へ押しだしたがって齷齪するかのような様子を見て茫漠たる恐怖の念に襲われながら、自分がこの世間の一員としてやむを得ず巻き込まれ、流れていかなければならない無能な人間であることを感じながら、

　　漸く自分の番が来て、彼は冷たい鏡のうちに、自分の影を見出したとき、不図この影は本来何者だらうと眺めた。首からは真白な布に包まれて、自分の着ている着物の色も縞も全く見えなかつた。[4]

とあらためて自分を見ることになる。ここに書かれている「この影は本来何者だろう」という文句は漱石が生涯に渡って抱えていた公案である「父母未生以前本来面目」の示唆であることは疑う余地がない。

　これに対してはかつて漱石が鎌倉円覚寺で参禅したとき、帰源院

---

4)『漱石全集』前掲書 第4巻 p. 757

の老師釈宗演から「父母未生以前本来面目」の公案を受けられたことから察することができる。『門』には、

> 「まあ何から入つても同じであるが」と老師は宗助に向かつて云つた。「父母未生以前本来の面目は何だか、それを一つ考へて見たら善からう」
> 　宗助には父母未生以前といふ意味がよく分らなかつたが、何しろ自分と云ふものは必竟何物だか、其本体をまへて見ろと云ふ意味だらうと判断した。それより以上口を利くには、余り禅といふものの....[5]

と禅の公案「父母未生以前本来面目」が提示されている。
　この公案に対して越智治雄は、「この公案が、漱石生涯の課題としてむしろ参禅ののちに鮮やかに蘇るものであったろうことを確認すればよいので、『門』や『行人』はその例証にほかならない。」[6]と述べている。公案をもって悟道に達するのは至難のことである。『行人』に兄さんの悟道に対する語りにもこの公案が表現されている。

> 　坊さんの名はたしか香厳とか云ひました。(中略)数年の間百丈禅師とかいふ和尚さんに就いて参禅した此坊さんは遂に何の得る所もないうちに師に死なれて仕舞つたのです。それで今度は潙山といふ人の許に行きました。潙山は御前のやうな意解識想を振り舞はして得意がる男はとても駄目だと叱り附けたさうです。父も母も生まれない先の姿

---

5) 『漱石全集』前掲書 第4巻 p. 832
6) 越智治雄(1971)『漱石私論』角川書店 p. 82

になつて出て来いと云つたさうです。[7]

「父も母も生まれない先の姿」になつて出て来られなかったゆえ、この文についで、この坊さんは寮舎へ帰って今までの集めた書物をすっかり焼き捨てたという内容を記している。そしてまた、「それ以後禅のぜのじも考へなくなつたのです。善も投げ悪も投げ、父母の生まれない先の姿も投げ、一切を放下し尽くして仕舞つたのです。」[8]と示している。つまり、彼の人生を左右することになったといえる重要な問題として「父母未生以前本来面目」の参究に向かって精進している心境のことを強調しているのである。漱石の心を常に占領していた人生観の確立とその願望を代辯していたにちがいないと思われる。そして、この願望を実験しようと思って実際に禅寺まで足を運んで参禅を試みたのであろう。漱石が初めて鎌倉の円覚寺で参禅したのは、1893年(明治26年)のことである。1910年(明治43年)4月に書かれた「色気を去れよ」によるとつぎのようである。

　　平常の修行さへ十分にやると、如何なる物にもなれる。色気づいて態々鎌倉まで来たのは抑々私の心掛け違ひだつたかも知れぬ。文学でも人をして感服させる様なものを書かうとするには先づ色気を去らなければならぬ。色気ばかりが沢山で肝腎の実意が乏しくてはぶまな作物が出来るといふものだ。[9]

---

7)『漱石全集』前掲書　第5巻 p. 752
8)『漱石全集』前掲書　第5巻 p. 752
9)『漱石全集』前掲書　第16巻 p. 682

　わざわざ禅寺まで足を運ばなくても、場所が何處であっても構わず、平生「肝腎の実意」を持って、真面目に十分修行すると、色気が去ることができると共に心の本体、即ち「父母未生以前本来面目」の道に達するのは不可能ではない。色気の去った境地ではじめて人の心を感心させる作品ができる、と吐露している。

　これにつながって漱石は「文展と芸術」にも次のような見解を見せている。

　　花やかな活躍を意味する「マンドリーヌ」を去って「川のふち」と「豆の秋」の前へ来たとき自分は、音楽会の帰りに山寺の門を潜ったような心持を味った。「マンドリーヌ」の刺激性なのに反して彼らの画はそれほど静かだったのである。けれども其静さは歓楽の後に来る反動の淋味を以て自分に訴へたのではない。彼等は其根調に於て、父母未生以前から既に一種の落付を具へていたのである。さうして新しい問題が此落付の二字から生まれるのである。活躍と常寂―生の両面を語る此言葉が芸術に即して如何なる意義を我々にもたらすか。是が問題である。[10]

　このように漱石は父母未生以前から既に具へていた一種の落付をもって平常の修行に精進したのであろう。そしてその修行を実行していたとみえるのは1894년(明治27年)3月9日の漢詩の第4句に見える「独倚禅牀」などから当時の漱石の禅の修行がうかがわれるし、独り座して「坐禅観法」を行じていたことは、1890年(明治23年)8月9日

10)『漱石全集』前掲書 第11巻 p. 415

の子規宛の手紙の「未だ池塘に芳草を生せず腹の上に松の木もはへず是と申す珍聞も無之此頃では此消閑法にも殆んど怠屈仕候といつて坐禅観法は猶おできず‥‥」[11]と書かれている内容からも察することができる。この文からもわかるように漱石は普段自分の禅の修行については謙虚にいっており、よく知らないといっている。これは仏家で仏道を目指している人の態度でもある。

1907年(明治40年)11月の『鶏頭』の序にもそれをよく表している。

余は禅といふものを知らない。昔し鎌倉の宗演和尚に参して父母未生以前本来の面目はなんだと聞かれてぐわんと参つたぎりまだ本来の面目に御目に懸つた事のない門外漢である。(中略) 着衣喫飯の主人公たる我は何者だぞと考へ考へて煎じ詰めてくると、仕舞には、自分と世界との障壁がなくなつて天地が一枚で出来た様な虚霊皎潔な心持になる。[12]

我は何者だぞと考へ続けた漱石は「父母未生以前本来面目」の参究として般若系の仏典にたよっているのもみられる。その例として『「鶏頭」序』から見いだすことができるのであげてみる。

元来吾輩は何だと考へて行くと、もう絶体絶命につちもさつちも行かなくなる、其所を無理にぐいぐい考へると突然爆発して自分が判然と分る。分るとかうなる。自分は元来生まれたのでもなかつた。又死ぬ

11)『漱石全集』前掲書 第14巻 p. 20
12)『漱石全集』前掲書 第11巻 p. 558

ものでもなかつた。増しもせぬ、減りもせぬなんだか訳の分からない
ものだ。[13]

　この文の「元来吾輩は何だ」という句も「父母未生以前本来面目」と
同じ意趣として表現されていることが解る。それに対して「自分は元
来生まれたのでもなかつた。又死ぬものでもなかつた。増しもせぬ、
減りもせぬ」といっているのは、仏経「摩訶般若波羅蜜多心経」の「是諸
法空相、不生不滅、不垢不淨、不増不減」から来ているのはいうまでも
ないのであろう。

　では「父母未生以前本来面目」の典據はどこからであろうか。元
来、「本来面目」というのは、中国禅宗の六代祖師の慧能禅師が用いた
語として、六祖以後の多くの禅師たちが「心の本体」、「法身」、「心の
実質」を表現するとき、この語をよく取り入れて使用してきたのであ
る。

　『六祖法宝壇経』によると、慧能が慧明に教示する場で「本来面目」に
関して語られている。

不思善不思惡正與麼時　不思善不思惡、正與麼の時
那箇是明上座本來面目　那箇が是れ明上座本来の面目[14]

　これを聞いて慧明が言下に大悟したといっている。六祖慧能が
いった「本来面目」は、人々が持っている本来の自己、真の我、本より

13）『漱石全集』前掲書 第11巻 p. 550
14）伊藤古鑑(1967)『六祖法宝壇経』其中堂 p. 43

喜怒哀楽の情に動かされない自分の本当の姿、人為的でない本然そのままの面目をいう。つまり、「色身」である肉体を語っているのではなく、「法身」である「心の本体」を語っているのである。

『六祖法宝壇経』に次のように記されていることに注意したい。

皮肉是色身　色身是宅舎

不言帰依也　但悟自性三身　即識自性佛

皮肉は是れ色身、色身は是れ宅舎、

帰依すと言わず、但だ自性の三身を悟れば、即ち自性の仏を識る。[15]

また、法身について説いているのをみると、「心」との関連を考えることができると思う。同じく『六祖法宝壇経』から見出すことができる。

於一切時　念念自淨其心　自修自行

見自己法身　見自心佛　自度自戒始得

一切自に於て、念念自ら其の心を淨うして、自ら修し自ら行じて、

自己の法身を見よ。自身の心仏を見て、自ら渡し自ら戒め、始めて

得てん。[16]

以上のように説いて、慧能は色身と法身を明確に説明し、法身と「本来面目」を同じ意味として使用している。こういうのが後、禅宗で

---

15) 伊藤古鑑『六祖法宝壇経』前掲書 p. 43
16) 伊藤古鑑『六祖法宝壇経』前掲書 p. 43

は一般に通念化されているのである。

　そして禅の公案集の一つである無門慧開(1183~1260)著、『無門関』の第23則、六代祖師の慧能禅師の「不思善悪」の公案に附した無門の頌からたどることができる。

　　　描不成兮畫不就　　　描けども成らず画けども就らず
　　　贊不及兮休生受　　　贊するに及ばず、生受することを休めよ
　　　本来面目沒處蔵　　　本来の面目蔵す處なし
　　　世界壊時渠不朽[17]　世界壊する時も　渠（え）れ朽（か）ちず[18]

　この内容で分かるように、「描けども成らず……」の描こうとする対象は、「本来面目」であり、その「本来面目」は、もともと形がないので蔵すこともできないし、描くこともできないというのが頌されている。これは小説『一夜』で三人の人物が語っている共通の話題である「画」の語りの場面で、鬢のない丸顔の人によって「描けども成らず、描けども成らず」と繰り返されている。漱石はこのような道理を示すために、「画」というものを禅的な象徴として『一夜』に取り入れ、その「本来面目」を描き出してみようとする方法として取り上げたのであろう。心の本体、「本来面目」は、知識的な思考では体得することができないという事実を示しながら、禅によって悟るべき道理を説いている。円覚寺の参禅以来、公案、「父母未生以前本来面目」を知識で解そうとしている自分自身に対する自責として悩む一面を、『一

17)『大正新脩大蔵経』(1973) 第48巻『無門関』再刊 日本大正新脩大蔵経刊行会 p. 298
18)『国訳一切経』(1959) 諸宗部 日本大東出版社 p. 270

夜』の髻ある人を通じて語っているように思われる。

　また、1912年(明治45年)6月の漢詩には「本来面目」を「春風」に比喩して「描不成」を表現している。

　　　無　題

芳菲看漸饒　　芳菲<ruby>漸<rt>やうや</rt></ruby>く<ruby>饒<rt>ゆた</rt></ruby>かなるを看る
韶景蕩詩情　　韶景　詩情を蕩がす
却愧丹靑技　　却って愧ず丹靑の技
春風描不成　　春風　描けども成らず

　この詩の第四句の「春風描不成」とは、まさに無形無相の「本来面目」の表現として、前にあげた「不思善悪」の公案に附した無門の頌とその意趣を同じくしていると思う。

　松岡譲はこの詩について、「春景を繪画的に詠じ又繪にしやうとしてゐた前詩迄の趣とがらりと変わり、こゝではつひに絵にはかけないと匙を投げて、春色の中に陶醉するところを詠じてゐる」[19]。と解説しているが、漱石はただの春色を詠じたのでなく、そのような春風から伝わる「用」の消息から感じる「体」の道理を詠じているのである。

　「春風」は感じることは感じるけど、目には見えないので描くことができない。「本来面目」もそのようで「春風」に比喩しているのであろ

---

19)　松岡譲(1966)『漱石の漢詩』朝日新聞社

う。其れ故、漱石は短篇「一夜」に丸顔の男が縁側に端居して胡座をかいて「兼ねて覚えたる禅語にて即興なれば間に合はす積りか」と表しているように「禅」に着眼している。「描不成」の主体が「本来面目」であること、無形の「本来面目」であるので、蔵す處さえないのであるし、時空も超えているということを漱石は覚っていたのであろう。

　漱石はこのように、禅を通じて自己の真我の求めのため精進し続けながらそれを折々に表現している。1912年(明治45年)6月の漢詩の第3句と第4句の「靜坐団蒲上、寥寥似在舟」からも、坐禅している漱石を見ることができる。静かに蒲団の上に坐禅すれば、寥寥として舟にあるのに似ているといって、精進過程から得た体験を詠じている。即ち、寂寂として煩悩妄想が減り、閑暇たる情景を吟じ、「父母未生以前本来面目」を自分の作品に取り入れて象徴的な言葉などで表現し、自分の禅的見解を示している。

　絶対の境地に達する解脱、見性成仏、これがもしかするとこの世に生きている間には、至れないかも知れないという漠然たる不安があったのか、または、完全な解脱の道は「死」であると仮想していたのか、漱石は当時の書簡などにそういう気持ちを表わしている。つまり、この世では、俗世的な境界に引かれて「本来面目」への解脱境地には入り難いと考えていたようである。漱石は1914年(大正3年)11月14日の岡田耕三宛の書簡に「私は意識が生のすべてであると考へるが同じ意識が私の全部とは思はない死んでも自分［は］あるしかも本来の自分には死んで始めて還れるのだと考へてゐる。(中略)然し君は私と同じやうに死を人間の帰着する最も幸な状態だと合点してゐる

なら気の毒でもなく悲しくもない却つて喜ばしいのです」²⁰⁾という内
容を書いている。この手紙で注目したいのは、「意識が私の全部とは
思わない死んでも自分はある」という見解である。死んでもある「本
来の自分」とは、「本来面目」であり、仏教でいう「法身」である絶対無
我としての自分を指しているにちがいない。「本来の自分には死んで
始めて還れるのだ」という言葉からもその真の正体を示しているのが
わかる。

　この人間世界の色身としてでなくその「色身」からの執着が完全に
切れたときの自分である「法身」、これは死んで消え去るのではなく
依然としてある。その際、「本来の自分」、即ち「本来面目」に帰するこ
とができると漱石はいっているようである。つまり、「死」というのは
「色身」の死であり、「法身」には生死が無いので常なるままで不変であ
る。死んでもあるこの道理を得るため、漱石は「本来面目」を悟得しよ
うと参禅精進したと思う。

　色身としてのすべての分別心と愛着、我執の意識から抜け出せる
境地こそ、無我の境であること、そして「本来面目」に達せられると痛
感したのであろう。こういうところは却って彼の烈々たる禅への希
求を表わしていると思う。

---

20)『漱石全集』前掲書 第15巻 p. 414

3.「父母未生以前本来面目」の会得

漱石は見性成仏の志を持って青年のときからすでに独り旅で禅寺を訪ねたり、坐禅観法をしたりしていた。しかし、この時期に彼に与えられた公案に対しては、まだ納得できぬままであったのであろう。26歳の時、鎌倉の円覚寺で初めて与えられたもう一つの公案「趙州の無字」の公案を参究してから、それは理屈では解けない問題であることがわかるようになる。「色気を去れよ」に、当時「趙州の無字」の公案についての回想が書かれている。

　　老師の前に出ると宗演さんは莞爾笑って簡単な禅の心得を語り、終って慥か趙州の無字を公案として授かつた。居室に帰り一向専念、無？無？無？無？無？(中略)斯くて再び参禅が始まる。私の順番になつて未明に授かつた公案について見解を述べる、言下に退けられて了ふ。今度は哲学式の理屈をいふと尚更駄目だと取合はぬ。[21)]

円覚寺の参禅の時、授けられた公案、「父母未生以前本来面目」とともに「趙州の無字」の公案を授かり、これに対して漱石は釈宗演に見解を呈している。「『文学論』のためのノート」によると、その時、漱石は「物ヲ離レテ心ナク心ヲ離レテ物ナシ他ニ云フベキコトアルヲ見ズ」といったところ、釈宗演は「ソハ理の上ニ於テ云フコトナリ。理ヲ以テ推ス天下ノ学者皆カク云ヒ得ン更ニ茲ノ電光底ノ物ヲ拈出シ来

21)『漱石全集』前掲書 第16巻 p.682

レ」[22]と一喝されたと記している。この答えが当時、理屈に落ちたものであるといわれて釈宗演に認定されなかったが、漱石には自分なりの見解として持ち続けていたらしい。人間の知識とか理屈が多ければ多いほど、煩悩妄想の働きが多いことである。これを超越した「禅」の世界でこそ真の人生の問題が解決されるのである。

『吾輩は猫である』にはこういう人間の知識とか理屈、そして人間の文明をめぐって主人が次のようにいっている。

> 「夫は僕が大分考へた事だ。僕の解釈によると当世人の探偵的傾向は全く個人の自覚心の強過ぎるのが原因になつて居る。僕の自覚心と名づけるのは独仙君の方で云ふ、見性成仏とか、自己は天地と同一体だとか云ふ悟道の類ではない。…」「…僕などは始終一貫父母未生以前から只今に至る迄、かつて自説を変じた事のない男だ。」[23]

これは当時漱石自分自身の禅修行に対する自責とともにその修行道がうかがわれるもので、見性成仏と公案「父母未生以前本来面目」の道に対する深い関心が現れている。

漱石は禅寺での釈宗演の批評を承認するのみならず、当時のことを円覚寺の参禅が終わってから三日目の1895年(明治28年)1月10日、齋藤阿具宛の書簡に「小子去冬より鎌倉の楞伽窟に参禅の為め帰源院と申す處に止宿致し旬日の間折脚鐺裏の粥にて飯袋を養ひ漸く一昨日下山の上帰京仕候五百生の野狐禅遂に本来の面目を撥出し

---

22) 村岡勇編(1976)『漱石資料―文学論ノート』岩波書店 p. 14
23) 『漱石全集』前掲書 第1巻 p. 502

来らず」[24)]と当時の心境を書いている。この手紙からは成し遂げ得な
かった公案についての心残りがうかがわれる。しかし、この円覚寺の
参禅の体験は、漱石と禅とが最も密着したという意味で、決定的な成
果があったと見なければならない。この参禅の場では「父母未生以前
本来面目」は打破しなかったとしても、それは、その後切実なものと
して彼の心中に残り、必ず公案を打破してみようとする決心の意志
を見せており、それが晩年までつづけられるのである。

　前にあげた漢詩では「春風描不成」と表現しているが、1914년(大正
3년)の、「閑居偶成似臨風詞兄」と題する漢詩にはその「春風」が「草堂
に入る」ことになった見解を示している。

　　無　題

　　野水辭花塢　　　野水　花塢を辭し
　　春風入草堂　　　春風　草堂に入る
　　徂徠何澹淡　　　徂徠　何んぞ澹淡たる
　　無我是仙郷　　　無我　是れ仙郷

　描けどもならずの春風であったのにこの詩ではその春風が草堂に
はいることを感じ取ったのが表現されている。そして第4句に「無我
是仙郷」といって、市井に住んでいても、無我であるのを悟ると仙界
に住むのと全く同じであるという道理も示している。漱石の禅の修
行が深くなったことがわかる詩でもあるし、「無我」という言葉が漱

石の漢詩にはじめて登場していることにも注目される。諸法無我の理屈をいうよりは、無我になると俗界がそのまま仙界になること、諸法無我として万法のすべてが実体または主体がないということであるが、この単語は仏教の根本教理である三法印(仏教教理の特徴を表わす三つのしるし)の諸行無常、諸法無我、一切皆苦(小乗の場合)、涅槃寂静(大乗の場合)の一つで、阿含経をはじめすべての経典に書かれている。即ち、「無我」は「無自性」であり、執着、ことに我執の否定ないし超越を意味し、そのような無我を実践し続けてはじめて清浄で平安な境に達せられるのである。

　漱石が「春風入草堂」と詠じた意には「野水」が「花塢」を辞去し、「春風」が「草堂」に入来するときには、「野水」と「春風」は何らの分別もないので、行ったり来たりするのが澹淡虚明な風景で、「父母未生以前本来面目」の公案の打破にもっと接近したし「無我」を充分解したと思われる。また、これは仏教の諸法無我が、道教の無為自然郷と同じであると考えている漱石の禅旨がうかがわれる。

　森羅万象が皆空無実である道理を吟じたもので、真空の道理を通して、さらに現象的に妙用を展開する「本来面目」を「春風」という語で表現したので、「本来面目」である「法身」を包容する意味も持っている。実に、漱石が坐禅中、心機一転して本来無一物である道理、万物の本体である事実を悟ったとも言える。

　こうして漱石は、1916年(大正5年)10月8日永年の課題であった「父母未生以前本来面目」の公案に対する答案として直接的な表現の漢詩を残すに至る。

無　題

休向畫竜慢点睛	画竜に向かって慢りに睛を点ずるを休めよ
畫竜躍處妖雲横	画竜の躍る處　妖雲横たわる
真竜本来無面目	真竜は本来面目無く
雨黒風白臥空谷	雨黒く風白くして空谷に臥す
通身遍覓失爪牙	通身遍く覓むるも爪牙を失い
忽然復活侶魚蝦	忽然と復た活きて魚蝦を侶とす

　この詩の第3句、第4句に竜を描くことに比喩して、真竜は本来面目
が無く、空谷に臥している。いくら探しても爪牙が無いのに、不図、
目にする魚蝦とともに生活する、といっている。

　「真竜」は真心を比喩したもので、本来形象が無いので、それを探し
てみる場所も、面目もないけれども、空谷にいながら、能く風雨を呼
び起こして造化を作用させている。こういう真竜を色相分でさがす
ことができないものだから、色眼でいくら見つけようとしても、爪も
牙も見ることができない。本来無一物であるが、因縁にそって千万の
数の形象で応現して巧く魚蝦どもとあわせて妙用を現出するという
禅旨を表出したと思う。こういう意趣を表している句については、六
祖大師慧能(638~713)の偈に準據することができる。

菩提本無樹　明鏡亦非台
本来無一物　何處惹塵埃
菩提本樹無し、明鏡亦台に非ず

本来無一物、何れの處にか塵埃を惹かん。[25]

　これは『六祖壇経』の「行由第一」にある偈である。悟りには本来樹が
無く、明鏡、亦、台にあらず。本来、一物も無いのに、どこに塵がくっ
つき、埃がつくものか、という意である。

　漱石は、すでに禅書などを通じて、万法が一即一切である関係に
起因していることが解かっていたし、真心が虚明自照であるものも
覚知していたのである。そういう彼が、1914년(大正3년)11月の漢
詩で、「虚明」を詠じて禅道に入った以後、2年経過した1916年(大正5
年)10月8日のこの漢詩に、自己自身ばかりでなく、竜を包含した万物
が各々ととのえていると思った「本来面目」が、一物もない「本来無面
目」である見處を確言することにまで至ったのである。

　なお、1916年(大正5年)10月6日の漢詩と共に、「真心」を頌した漱石
の開悟處であるといってよいと思う。本来から面目というものが、も
ともとないという意味で「無面目」と答えたのであろう。「面目」は「相」
であるが、その「相」が無い「無相」が「真我」である故、面目があるはず
が無いという意味である。このように「本来面目」の公案の答を得た
漱石は、「体」と「用」との道理にも拘泥されることなく、実に妙用を観
ずることになったのであると考えられる。

　修善寺大患以降、漱石の心境の変化は「本来面目」の求道に積極的
な態度をもち、こういう意識が前提となって「心の本体」について積

---

25)　伊藤古鑑『六祖法宝壇経』前掲書 p. 221

極的に窮めることになる。すでに『禅門法語集』[26)]の書き込みに「心」に関したものが見えるのである。「心は不死不生なり」[27)]と書いたことから見れば、世の中のすべてに生死が有るが、心にはその生死が無いことを悟っていたらしい。またこの書き込みに、不生不死の心の「体」と「用」について漱石の見解を記している。

　七情ノ去来ハ去来ニ任セテ顧ミザルナリ。心ノ本体ニ関係ナキ故ニ可モ不可モナキナリ。心ノ用ハ現象世界ニヨツテアラハル。其アラハレ方ガ電光モ石化モ及バヌ程ニ早キナリ。心ノ体ト用トノ移リ際ノ働ヲ機ト云フナリ。「オイ」ト呼バレテ「ハイ」ト返事ヲスル間ニ体ト用ガ現前スルナリ。[28)]

　先の漱石の漢詩は、まさに「本来無一物、何處惹塵埃」のような禅旨を明らかにしたと思うことができる。漱石が自ら禅観を得てそれを確立したと推測されるもので、1894年(明治27年)、円覚寺の参禅の時、受けた公案「父母未生以前本来面目」に対する答詩であると指摘する。若いときからの宿題であった「父母未生以前本来面目」の公案を忘れず抱いていたことの証明でもあるし、1910年(明治43年)修善寺大患以後大発心して求め続けて精進修行し、五十歳になったこの時期に来て確然と解決して切実なる疑いが解消されたのことでもあろう。

26)　山田孝道 校補点註(1907) 光融館
27)　『漱石全集』前掲書 第16巻 p. 270
28)　『漱石全集』前掲書 第16巻 p. 270

また1916年(大正5年)10月9日の漢詩では、

　無　題

詩人面目不嫌工	詩人の面目は工みを嫌わず
誰道眼前好悪同	誰か道う眼前の好悪同じと
岸樹倒枝皆入水	岸樹　枝を倒して　皆な水に入り
野花傾蕚尽迎風	野花　蕚を傾けて尽く風を迎う
霜燃爛葉寒暉外	霜は爛葉を燃やす寒暉の外
客送残鴉夕照中	客は残鴉を送る夕照の中
古寺尋来無古仏	古寺尋ね来たれば古仏無く
笻倚独立断橋東	笻に倚りて独り立つ断橋の東

と作って前にあげた漢詩に次いで漱石自分自身の面目に対して確信を表している。詩人漱石の面目は、扮装と技巧を嫌うことなく、拒否する必要もないという意で、誰が眼前の好と悪が同じことだといったのか、といって扮装と技巧を「妙用」として受容するのが当然であること、即ち、「本来無面目」の妙用として表出して大用の道理を運用する消息を語っている。また古寺に尋ねてきても、もうすでに古仏は存在していないと詠んでいるが、ここで「古仏」の意味は「本来面目」のことで「心即是仏」の道理として古寺に古仏があるはずが無いと説いているのである。「本来面目」の無名無相である禅旨の体得を表出している。

　1913년(大正2년)10月5日、和辻哲郎宛の書簡に、「あなたのいふ様

に冷淡な人間では決してなかつたのです。冷淡な人間なら、あ　肝癪
は起こしません。私は今道に入らうと心掛けてゐます。たとひ漠然た
る言葉にせよ道に入らうと心掛けるものは冷淡ではありません。」[29]
と「道」に入る意志を表明しているのである。この「道」は、相変わらず
「本来面目」に対する悟りへの道であろう。

　このような漱石の禅修行は「道」に深入してその見解は日々に高く
なる。「父母未生以前本来面目」に向かった求道熱は、遂に括目すべき
進歩を示した境に至ったのである。1916年(大正5年)9月2日の漢詩
「詩人自有公平眼(詩人自のずから有り公平の眼)/春夏秋冬尽故郷(春
夏秋冬　尽く故郷)」には、詩人である漱石自身が公平な眼目を自ずか
ら持っていて、春夏秋冬四季の悉くが、悟ってみると心の本体の妙用
でないものが無いと語っている。ここで「故郷」は、1916年(大正5年)9
月1日の漢詩の第一の「不入青山亦故郷(青山に入らざるも亦た故郷)
の意趣と同じくして、心の本体、つまり、「本来面目」を譬えている。
この「故郷」は、1916年(大正5年)8月16日の詩句「故園何處得帰休故園
何處か帰休を得ん」の「故園」と、1916年(大正5年)8月30日の詩句「大
悟何時臥故丘(大悟何んの時か故丘に臥せん)」の「故丘」とともに、心
の本体に帰着することにおいて、その段階を示している。心の本体、
「父母未生以前本来面目」に達することは初めては「何處」、「何時」と詠
われたが、悟ってみると、春夏秋冬尽く「本来面目」で無いものはない
ことが解ったのである。

　1916年(大正5年)10月12日の漢詩、「胆小休言遺大事(胆小なりとて

29) 『漱石全集』前掲書 第15巻 p. 286

大事を遺ると言う休かれ/会天行道是吾禅(天に会して道を行なうは
是れ吾が禅)」は、四日前、10月8日に作った詩句「真竜本来無面目」に
関連して、彼の開悟境を赤裸々に表現している。「父母未生以前本来
面目」という公案の縁にしたがって精進する途中に、天道を解かって
「無心之道」を実行することだけが、この世で自分にすることのでき
る最善の禅修行の方法であると表語した。

　一切境界の主観を「無心之道」で観ずることができること、一切の
主観を絶した絶対境に達すると、それは実に自我から自由になる至
高の境地である。1915年(大正4년)1月頃より11月頃までと記されて
いる「断片」に、これらの消息を示す文句が「心機一転、外部の刺激に
よる。又内部の膠着力による。一度絶対の境地に達して、又相対に首
を出したものは容易に心機一転ができる。屡絶対の境地に達するも
のは屡心機一転することを得。自由に絶対の境地に入るものは自由
に心機の一転を得。」[30]と書かれている内容のとおり、漱石は絶対の
境地から自由に相対の世界を眺めることになったのであろう。1916
年(大正5年)10月15日の詩句「總是虚無總是真」は、まさに「心機一転」
の禅旨の表明であると思う。また漱石は自分の禅的、自力的な「悟
り」の立場を示し、人生にとって一番高い態度として修行すべきこと
であると述べている。「いったい人間といふものは、相当修行をつめ
ば、精神的にその辺まで到達することはどうやら出来るが、しかし肉
体の法則が中々精神的の悟りの全部を容易に実現してくれない。」[31]

---

30) 『漱石全集』前掲書 第13巻 p. 778
31) 松岡譲(1934)『漱石先生』「宗教的問答」岩波書店 p. 102

といって人間の肉体に対する愛着、執着はなかなか切り落とすことができない、それが人間の本能の力であるといっている。しかしそれを無理に打ち破ろうとせず、それを観ずるのも修行であるということを漱石は自信を持っていう。即ち、彼が長年、修行していた坐禅観法の体得であろう。ついで「それに順つて、それを自在にコントロルする事だらうな。そこにつまり修行がいるんだね。さういふ事といふものは一見逃避的に見えるものだが、其実人生に於ける一番高い態度だらうと思う。」[32]といっている。

　「悟り」によって本能を支配し、「無我」、「無心」の境地に入ることのできるような力の発現が「修行」であり、それによって可能であると言い切っている。つまり、「あるものをあるがままに見る」、「今の僕なら、多分、あ　、さうかといって、それを平静に眺める事が出来るだろうと思う」という意趣で1916年(大正5年)10月15日の漢詩には、「吾面難親向鏡親(吾が面は親しみ難く　鏡に向かって親しむ)／ 吾心不見独嗟貧(吾が心は見えず　独り貧しきを嗟く)」と表出して、各々もっている本来面目は目にすることはできないが、それの妙用の作用を通してみることができるという。その心が貧しいというのは、自分の心は形がないので見ることができず、「心空」のことで、何の貪欲もないという意味として詠じているが、実は、嗟くことができるならば、それこそ自分の心を観ずることであるという道理を併せて比喩しているのであろう。すなわち、漱石自身の心に分別妄想がなくなって、無念無想の境になったという禅旨を見せる意であると思う。「父母未生

---

32) 松岡譲『漱石先生』「宗教的問答」前掲書 p. 102

以前本来面目」を悟った後の如如の境を見せている。

4. おわりに

　公案「父母未生以前本来面目」の問題は、漱石にとって心の正体、本来の自分などで表現されたり、絶対の境地とも表現されたりして漱石自身の人生の問題の解決として死の直前までその参究はつづけられている。そしてこれを打破しようと一生のあいだ精進してきた。このような願望を持っていた漱石はこの問題の解決の道として見性成仏へ志を向けることになって禅寺に行ったり平常の修行の意志をもって参禅したりしたのである。つまり「父母未生以前本来面目」という公案は禅寺での参禅の体験で漱石に与えられた時から絶えず彼の心奥に抱き続けられていたのである。

　漱石は生死の問題を超越した解脱境を得るため、「父母未生以前本来面目」とは何かという問題に関して折々の心境を彼の文章に描き出してきた。そして、五十歳の詩に、「真竜本来無面目」という境地を表すことになり、また同じ年の死去直前の詩には「碧水碧山何有我、蓋天蓋地是無心」と説くようになって自分の悟境を見せている。

　これは、1894년(明治27年)、円覚寺の参禅の時、受けた公案「父母未生以前本来面目」に対する答詩であると指摘したい。若いときからの宿題であった「父母未生以前本来面目」の公案を忘れず抱いていたことの証明でもあるし、修善寺大患以後、大発心し求め続けて精進修行した結果、五十歳になったこの時期に来て確然と解決し、見性成仏

に向かったことでもあるといえるのであろう。つまり、公案「父母未生以前本来面目」に対して「真竜本来無面目」という答案を得たことは漱石の悟道の境として人生という大問題を解決されたといえるのであり、漱石の求道の次元が大きく変化したと見ることができる。長い間持ち続けた公案「父母未生以前本来面目」を打破したことで、禅修行の大きな結実であると思うのである。

참/고/문/헌

• 夏目漱石(1966)『漱石全集』岩波書店
• 夏目漱石(1994)『漱石全集』岩波書店
• 三好行雄編(1984)『鑑賞日本現代文学·夏目漱石』角川書店
• 江藤淳(1984)『江藤淳文学集成·夏目漱石論集』河出書房新社
• 『日本文学研究資料叢書 夏目漱石』(1982) 有精堂
• 『大正新脩大蔵経』(1928) 大正新脩大蔵経刊行会
• 平岡敏夫(1993)『日本文学研究大成·夏目漱石』図書刊行会
• 岡崎義惠(1968)『漱石と則天去私』宝文館出版株式会社
• 瀬沼茂樹(1970)『夏目漱石』東京大学出版会
• 佐古純一郎(1990)『夏目漱石の文学』朝文社
• 松岡讓(1934)『漱石先生』「宗教的問答」岩波書店
• 越智治雄(1971)『漱石私論』角川書店
• 吉川幸次郎(1967)『漱石詩集』岩波新書
• 松岡讓(1966)『漱石の漢詩』朝日新聞社
• 中村元。紀野一義訳注(1968)『般若心経·金剛般若経』岩波文庫
• 村岡勇編(1976)『漱石資料―文学論ノート』岩波書店
• 伊藤古鑑(1967)『六祖法宝壇経』其中堂
• 松岡讓(1938)「夏目漱石」『思想』第196号

夏目漱石の「入夢美人声」の意

1. はじめに

　漱石は1889年(明治22年)親友正岡子規に送った手紙に書き込んだ漢詩のなかに「入夢美人声」の句を残している。この「入夢美人声」は「夢に入る美人の声」と読まれるが、この意味に関して一言で断定するには難しいと思う。が、果たしてこの句の真意はなんであろうか、漱石はどんな意趣で書いたのであろうかなどの問題をめぐって彼の文章をもとにして詩句の意味について探求しようと思う。

　少年の時から漢詩を書き始めた漱石がいっそう意欲的に作詩をするようになったのは1889年(明治22年)夏頃正岡子規に会ってからである。この時期から子規と本格的にお互いの内面を語るものとして漢詩の受取りをするようになるが、当時の子規は第一高等中学校在学中であった1888年(明治21年)の夏を江東向島の長命寺で三ヶ月滞在しながら『七艸集』を執筆した。『七艸集』の内容は暑中休暇の感興

を表現したもので、漢詩、漢文、和歌、俳句、謡曲、論文、擬古文小説
に分けて書かれている。子規はこれを1889年(明治22年)5月、友人に
回覧して批評を求めた。それに応じて漱石は漢文で「詞兄之文情優而
辭寡清秀超脱‥只覚首首皆実況読之身如起臥墨江耳(詞兄の文、情優
にして辭寡なく、清秀超脱‥只首々皆実況して、之を読めば、身の墨
江に起臥するが如きを覚ゆるのみ)という『七艸集評』を書き入れて
子規の文章から超脱の趣を感じたことを表わしている。それで「風流
韻事/蕩然一掃(風流韻事、蕩然として一掃す。)という心持になって
十七、八歳以後、しばらく作っていなかった漢詩への熱が蘇ったので
ある。日常の煩わしさの中に埋もれて風流韻事としての禅風、禅趣も
当分忘れてしまったことが子規の『七艸集』の刺激で、塵懐を超越す
る境を強い創作欲とともに再び発現することになったのである。こ
の『七艸集評』の終わりに漱石は漢詩九首も付しているが、その一首
には「洗尽塵懐忘我物(塵懐を洗い尽くして我物を忘れ)/ 只看窓外古
松鬱(只だ看る窓外古松の鬱たるを)/ 乾坤深夜闃無声(乾坤深夜闃と
して声なく)/ 黙坐空房如古仏(空房に黙坐して古仏の如し)」と書い
て世俗のすべての煩いから超脱して絶対境にはいって悠々と逍遥し
たいという意趣の表現のように禅境に対する熱望と悟境に対する希
求の心境を表し語っている。

　したがって、本論ではこのような漱石の心境をもとにして「夢」と
「美人」の意味、またその関係などの問題を中心にして漱石の生涯に
わたって抱いていた思想とかかわり「入夢美人声」の句の真意と漱石
の本意を考察しようとする。

2.「夢」の意味

　かつて禅的考え方として人生とはどこから来てどこへ去るかという問題の悩みを抱いている時期に子規と会った漱石は、再びこの問題について考え込んだあげく1889年(明治22年)9月9日『木屑録』を完成し当時の切実な願いを醸し出している。この『木屑録』のなかに書き入れた「脱却塵懐百事閑(塵懐を脱却して百事閑なり)／ 儘遊碧水白雲間(儘ま遊ぶ碧水白雲の間)／ 仙郷自古無文字(仙郷 古より文字無し)／ 不見青編只見山(青編を見ず只だ山を見る)という漢詩で再び俗情を離れた超俗之境の「仙郷自古無文字」を詠じている。仙郷には古より文字がないというのは俗界を離れた理想郷として、仏教の禅修行をしている修行者達には「不立文字」の「絶対境地」の悟境を意味している。この絶対境地に入るのが修行者の「夢」なのである。漱石はこの「夢」を子規に吐露したのである。

　そして、これについで同年9月20日付の子規宛の書簡に「入夢美人声」の句が書かれている漢詩、

　　　無　題

　　　抱劍聽竜鳴　　　劍を抱いて竜鳴を聽き
　　　読書罵儒生　　　書を読んで儒生を罵る
　　　如今空高逸　　　如今　空しく高逸
　　　入夢美人声　　　夢に入る　美人の声

　というものを示している。この詩の内容を見ると、青年になった漱石は今まで意欲的に書物を読んで自分なりには自信を持って生きてきたが、儒生を罵ったときよりかえって今頃は、世情を超越、この世の中から脱して理想である絶対の境地に夢にでも実現したいという当時の心境を語っている。これについては、1890年(明治23年)8月9日の正岡子規宛の手紙に「生前も眠なり死後も眠りなり生中の動作は夢なりと心得ては居れど左様に感じられない」といって人生そのものが夢であることを示唆してからこのように考えることになった理由でもいっている如く次のように書いている。

　　處が情けなし知らず生まれ死ぬる人何方より来たりて何かたへか去る又知らず仮の宿誰が為めに心を悩まし何によりてか目を悦ばしむると長明の悟りの言は記臆すれど悟りの実は迹方なし是も心といふ正体の知れぬ奴が五尺の身に蟄居する故と思へば惡らしく皮肉の間に潜むや骨髄の中に隠る　やと色々詮索すれども…[1]

　このように夢は心奥に潜んでいた自我の問題、それは「人生」という問題であることに帰着しているのを明確に述べている。人は何處から来たか、また何處へ去るのか、そして心の正体を知らなければならない意志を表明しているのである。この「心の正体」を参究するのは、仏道の目的であり、禅の世界そのものである。
　「心の正体」とは何かという問題、これは人間とは何か、我とは何か

---

1) 夏目漱石(1966)『漱石全集』第14巻 岩波書店 p.20

を問うことで、漱石は必ず得悟すべきことであると考えたのであろう。このような心得を持っていた漱石はその解決の道として「悟り」へ志を向け、その実行のため1893年(明治26年)春頃、また1894년(明治27年)11月23日から翌年1月7日まで、鎌倉の円覚寺の帰源院に投宿しながら管長釈宗演のもとで参禅することになる。この経験から漱石が受け入れたのは、「平常の修行さへ十分にやると、如何なる物にもなれる。色気づいて態々鎌倉まで来たのは抑々私の心掛け違ひだつたかも知れぬ。」[2]ということである。平常の修行の必要性を実感したのである。そして「色気を去れよ」の文末に次のようにまとめて書いている。

　　文学でも人をして感服させる様なものを書かうとするには先づ色
　気を去らなければならぬ。色気ばかりが沢山で肝腎の実意が乏しくて
　はぶまな作物が出来るといふものだ。[3]

　色気を去らなければならないといったのはこの世の中の相対世界を脱して絶対境地に入ることである。即ち、禅寺までわざわざ足を運ばなくても場所が何處であっても構わず平生「肝腎の実意」を持って真面目に十分修行すると、色気が去ることができるとともに「心の正体」を悟ることは不可能ではないことを示しているのである。
　1889年(明治22年)から1894년(明治27年)の間、漱石は真の自我の探究に当面して「私はこの世に生まれた以上何かしなければならん」

2)『漱石全集』前掲書　第16巻 p. 682
3)『漱石全集』前掲書　第16巻 p. 682

と「私の個人主義」に述懐しているように彼は独りの人間として悩み
つづけていたのであろう。そして、こういう青年時代の重苦しい問
題を解決するため脱却塵界の世界を求め、旅をして自然に逍遥した
り、禅を通じて世俗超越の境で真の我を参究しようとしたりしたの
ではないかと思われる。

　したがって、上の詩の内容として漱石は今頃は世情を超越、人間
の欲心、名誉などの世塵の俗界から脱して理想である「絶対境地」に
入るのを「夢」にでも実感したいという願いを表していると推量でき
る。前で述べたとおり、「入夢美人声」の「夢」の意味は単純に寝ている
とき見る夢でなく、前の句「如今空高逸」と関わっていることを見て
わかるように仏教の禅の世界で追求している絶対境地を渇望する理
想郷としての「夢」であることであろう。

　1890年(明治23年)8月末の子規宛の ［正岡子規『筆まかせ』より］
には、

　　此頃大変偈をかつぎ出すことが好きになつたから僕一偈を左右に
　　呈すべし毎朝焼香し焼香してこの偈を唱へ此悪魔を祓ひ給へ
　　　我昔所造諸悪業　皆由無始貪瞋痴
　　　従身語意之所生　一切我今皆懺悔[4]

といって仏教の偈をあげている。これは般若訳の四十巻本華厳経
である『四十華厳』普賢行願品にある懺悔偈である。これを見ても当

4)『漱石全集』前掲書 第14巻 p. 23

時の漱石が毎朝仏教の経を唱えているくらい仏教が彼の生活の中に深くなっていることが充分わかる。またこれについで、

　　詩神は仏なり仏は詩神なりといふ議論斬新にして面白し君能く色
　　声の外に遊んで清浄無漏の行に住し自己の境界を寫し出されたとすれ
　　ば敬服の外なし…　君の説論を受けても浮世は矢張り面白くもならず
　　夫故明日より箱根の霊泉に浴し又々書寐して美人でも可夢候[5]

と書いてから「仙人堕俗界/遂不免喜悲‥」の漢詩を書き入れている。清浄無漏の境界で面白くない世の中を離れ書寐して美人を夢みるというこの内容からも1889年(明治22年)の「入夢美人声」の夢の意味が絶対境への夢であるのが確実になる。
　そして、1891年(明治24年)8月3日の子規宛のつぎの手紙には、道心と僧の経とともに美人が書かれていることにも注意される。

　　悼亡の句數首左に書き連ね申候俳門をくぐりし許りの今道心佳句
　　のあり様な無之一片の衷情御酌取り御批判被下候はば辛甚
　　(中略)
　　通夜僧の経の絶間やきりぎりす
　　骸骨や是も美人のなれの果[6]

また、漱石は1894년(明治27年)3月9日、医者から肺病と聞いて死

---

5)『漱石全集』前掲書 第14巻 p. 23
6)『漱石全集』前掲書 第14巻 p. 31

を思うことになって、「閑却花紅柳緑春(閑却す花紅柳緑の春)／ 江
樓何暇醉芳醇(江樓　何んぞ芳醇に醉うに暇あらん)／ 猶憐病子多
情意(猶お憐れむ　病子多情の意)／ 独倚禅牀夢美人(独り禅牀に倚り
て美人を夢む)」と、死を禅句にたよってもういつのまに生が終わる
こと、それであまり暇がないかもしれないという感想で漢詩を作る
が、詩の内容として前述の5年前の漢詩句と深い関係があるのは疑う
余地がなく、夢が禅とともに書かれているのが察せられる。前にあ
げた「入夢美人声」の漢詩とこの漢詩については論者の外の拙論に論
じられているので詩に対する詳しいことはここでは略することにす
る。

　漱石が英国留学以後、色々の世事のためか10年間全然漢詩を作っ
ていなかったが、小説『門』の中に禅のことを詳しく書きながら禅の
世界にもどり、漱石自分の心の世界を表現する漢詩に再び目を向け
たのである。そして『門』を書き終わった1910年(明治43年)7月31日、
松山の知人である森円月の依頼で10年ぶりに漢詩を作ることにな
る。それは、

　　無 題

　　　来宿山中寺　　来たり宿す山中の寺
　　　更加老衲衣　　更に加う老衲の衣
　　　寂然禅夢底　　寂然たる禅夢の底
　　　窓外白雲帰　　窓外　白雲帰る

という詩であるが、この詩をみてすぐわかるのは、10年間心奥に抱き続けていたこと、つまり「寂然禅夢底」と書いて漱石の底の「夢」が「禅夢」であることを確かにしている。漱石の禅境を表す漢詩の世界を通じて絶えず心の奥で希求していた禅夢に帰することになったのである。松岡譲はこの詩の解説として「彼の禅への憧憬を示す詩の先駆的意義を持つものといってよかろう」[7]と記しているように、ようやく願望していた自分の姿に戻ったことの示唆のようである。

　漱石は修善寺の大患の後、帰京してからは生死の問題を更に深く感じたのであろうと思う。「思ひ出す事など」の第15章に書かれた漢詩に「縹緲玄黄外(縹緲たる玄黄の外)/ 死生交謝時(死生　交ごも謝する時)/ 寄託冥然去(寄託　冥然として去り)/ 我心何所之(我が心何の之く所ぞ)/ 帰来覓命根(帰来　命根を覓む)/ 杳窅竟難知(杳窅竟に知り難し)/ 孤愁空遶夢(孤愁　空しく夢を遶り)」という内容で生死に対する深い関心と、また「心の正体」を参究しなければならない意志を書いている。これらの句では、「心の正体」とは何かという問題も解決できなく、一生の「禅夢」である絶対境地にも入ることもできなくて死にそうだったことを思い、空しくその「絶対境地」の「夢」をめぐった孤独を切実に表現している。

7) 松岡譲(1966)『漱石の漢詩』朝日新聞社 p.111

3.「美人」の意味

　「美人」の語は漱石の作品に数多く使われているが、その多くの意味は容姿上の美人、つまり女の形容として用いられている。そのなかで「入夢美人声」の句と「独倚禅牀夢美人」の句に取り入れている「美人」の語の意味に対しては前述した「夢」の意味とともに考えるべきであると思う。「美人」の語の意味は一言で言えないが、これらの詩句で漱石が示唆しようとした「美人」の意味を理解するに彼の小説や漢詩などの諸作品のなかに表出している思想を根幹にしてその意を考察してみると、その本意と「美人」の正体について解されると思う。

　前にあげた「入夢美人声」の詩の前には、漱石の近況を表したと書いており、詩の自解のあとがきには、第一句は成童の折々のこと、二句は16、7の時、転結は即今の有様と書いているので、多分1881年(明治14年)以後、漱石が二松学舎に籍を置いた年であろう。

　「入夢美人声」の「美人」は第三句の「如今空高逸」からその意味を推量してみる。「高逸」の意が、世の中の分別から超越する超俗の境であることに注意すると、「美人」の意は、一般的には容姿上の美人の意味などを指すことも少なくないが、詩の内容、詩心、漱石の思想から考えると、ただの外面的な意味として解することはできないと思われる。即ち、高逸の境地、その中に入って美人を夢見るということなので、「美人」とは超俗の境で接することを意味していると思う。

　そして1894年(明治27年)3月9日の漢詩の句にも「独倚禅牀夢美人(独り禅牀に倚りて美人を夢む)」といって「美人」が書かれているし、それも「禅」によるものでそれが解される。この詩を作った時期は、

「人間は此世に出づるよりして日々死出の用意を致す者」と記している
とおり肺病による生死の問題に着している時である。

　「生」と「死」の問題に冷淡さを語っている漱石は、「閑却花紅柳緑春」
という禅句を第一句に、そして第四句に「独倚禅牀夢美人」を詠んで
「生死」の問題にあたって即座に禅による「美人」を夢見ることを示唆
しているのである。

　詩の第一句「閑却花紅柳緑春」は、禅家で無心の境と如如たる境を
表現する語としてしばしば用いられている禅語である。そして、第四
句に見える「独倚禅牀」という句からは当時の漱石の禅の修行がうか
がわれる。「独倚禅牀」は独り坐して「坐禅観法」をしていたことをいっ
ているようで、このような内容は1890年(明治23年)8月9日の子規宛
の手紙にも書かれているが、思ったとおりまだ絶対境地にも至らず
過ごしている自分を責めるのか、「池塘に芳草を生せず」「腹の上に松
の木もはへず」などの禅句を例えてつぎのように打ち明けている。

　　此頃では此消閑法にも殆んど怠屈仕候といって坐禅観法は猶おで
　きず淪茗漱水の風流気もなければ仕方なく只「寐てくらす人もありけ
　り夢の世に」抔と吟じて独り洒落たつもりの處瘠我漫より出た風雅心
　と御憫笑可被下候…8)

　「坐禅観法」は順調にできないため、独り寐て「夢」の世にでも入って
禅味を感じようとする志として、この手紙の約一年前の詩の第四句

---

8)『漱石全集』前掲書 第11巻 p. 20

「入夢美人声」とともに1894년(明治27年)の「独倚禅牀夢美人」の詩に再び「美人」が書かれている。これに対して考えなければならないのは、詩のなかに「美人」と共に「夢」と「禅」が書かれていることである。

このような「美人」の語は、これらの背景からその真意を察することができるが、この「美人」の語に対しては諸説がある。

江藤淳は、

「この「美人」が嫂の登世であることはほとんど疑う余地がない」[9]

と書いており、齋藤順二は、

漱石の漢詩の「美人」は嫂、登世ではなかろう。1889年(明治22年)のそれは子規であり、23年夏の作品はいずれも、いわば文学青年がレトリックとして使用したにすぎない。[10]

といって、「美人」が親友正岡子規、レトリックであると書いている。江藤淳と齋藤順二は各々1889、1900年(明治22、3年)のこの時期に合わせて述べている。が、このような説にしたがうと、1894년(明治27年)の漢詩の句、「独倚禅牀夢美人」の理解に問題があるだろうと思う。

この詩句と深い関係があると考えられるもう一通の手紙に、「午眠の利益今知るとは愚か愚か小生抔は朝一度昼過一度、▨四時間中合三

9) 江藤淳(1970)『漱石とその時代』第一部「登世という名の嫂」新潮社 p. 183
10) 齋藤順二(1984)『夏目漱石漢詩考』教育出版センター p. 123

度の睡眠、昼寐して夢に美人に邂逅したる時の興味抔は言語につく
されたものにあらず昼寐も此境に達せざれば其極点に至らず貴殿已
に昼寐の堂に陟るよろしく其室に入るの工夫を用ゆべし。」[11]といっ
た内容からそれが見出すことができる。これは1890年(明治23年)8月
9日の「坐禅観法……」の手紙を書いた10日前の1889年(明治22年)7
月20日、やはり正岡子規宛のものである。

　このように「美人」の意味は1889年(明治22年)9月20日の漢詩の第
四句、「入夢美人声」とともに、23年のこれらの手紙の内容から察す
るべきであろう。論者の拙著『漱石の漢詩と禅の思想』にも論じたこ
とがあるが、もし、江藤淳がいっているように「美人」が嫂の登世のこ
とであるならば、子規に「此境に達せざれば其極点に至らず」といっ
て、「昼寐の堂に陟るよろしく其室に入るの工夫を用ゆべし」といっ
たのに対する理解に難点が起こる。坐禅は、初心者には特に睡気を誘
われることであるから、この「昼寝の堂」とは坐禅観法をするための
座であろうし、「室に入る」というのは禅室に入ることを指している
と見てよいと思う。したがって、「此境に達せ」ることとは、絶対境地
に至ることで禅境を得ることであろうし、「美人」の真意も禅によっ
て解すべきであることになる。また、「独倚禅牀」というのも当時、漱
石の坐禅修行が続けられていたという面が感じられる句で、「此境に
達せざれば其極点に至らず」、「坐禅観法……寐てくらす人もあり
けり夢の世に」などの手紙の内容から考えてみても、「独倚禅牀」の意
味は当然解することができるだろうし、「美人」の意味もただ現実の

---

11) 『漱石全集』前掲書 第14巻 p. 20

ある人物に限っているのではないと判断される。

　『三四郎』についての拙論はすでにあるが、ここでは美人の部分だけ再次察してみると『三四郎』には第三の世界に「美しい女性」が登場している。この世界は三四郎にとって最も深厚な世界として、「第三の世界は燦として春の如く溫いている。さうして凡ての上に冠として美しい女性がある。」「此世界は鼻の先にある。た　近づき難い。近づき難い点に於て、天外の稲妻と一般である。三四郎は遠くから此世界を眺めて、不思議に思ふ。自分が此世界のどこかへ這入らなければ、其世界のどこかに欠陥が出来る様な気がする。自分は此世界のどこかの主人公であるべき資格を有してゐるらしい。」[12]と表現されている。

　凡ての上の冠としての「美しい女性」の正体を捕えるのが、主人公になれる道である。「燦として春の如く溫いている」世界が三四郎にとって現在、そして未来を意味するのならば、それは、眼にするあらゆる相対世界の異なる表現としてとらえることができる。それを遠くで眺める世界というのは、つまり、絶対世界の存在を暗示しているともいえる。

　また、自分がこの世界の主人公であるべきだというのは、すなわち絶対世界の主人公として法身である意味を与えている。凡ての上は相対世界のすべて、つまり色相世界の上の絶対世界であり、凡ての上に冠として「美しい女性」とは、絶対世界に主人公「法身」そのものの表現として提示した象徴語であろうと思う。

---

12) 『三四郎』『漱石全集』前掲書 第4巻 p. 86

　したがって、相対世界、絶対世界の両方の世界を認識しなければな
らないこの世界に三四郎が近づくのは容易ではない。その境地に立
つのは、「天外の稲妻と一般である」といっている。すなわち、絶対境
に入るのは刹那のことで、捕えるのが至難であることを意味してい
ると思う。三四郎は与次郎の提案でヘーゲルを手にいれて、「無常普
遍の真」を伝える消息と共に、「求道の念」で「清浄心を発現」すべきこ
と、それによって「自己の運命を改造」[13)]することができるという意
を明らかにしている。この運命というのは「美人」の正体をつかむこ
と、つまり絶対境を得ることでもある。

　この「美人」に対しては、子規宛の書簡に書いた通り1890、1891年
(明治23、4年)以来「沸騰せる脳獎を冷却して」勉強心の振興のため旅
行をしたといっていることからも分かる。このように、漱石は彼自身
の人生観における大きな問題に直面して人間というもの、学問とい
うもの、名誉というもの、全てが世俗的であり、空しいことであるの
が分かるようになって、これらすべてから超脱して見性の志に目指
し、その理想にしていた境地、即ち、世俗からの超越した高逸の境地
に達しようとしたのであろう。そのような精進のため独りで坐禅観
法をしながら、願望している世俗からの「超脱の境地」、「悟りの境地」
の絶対境を夢見ていたといってよいのではないか。

---

13) 『三四郎』『漱石全集』前掲書 第4巻 p. 29

4.「入夢美人声」の実現

　「夢」と「美人」について漢詩句「入夢美人声」、「独倚禅牀夢美人」だけ
でなく、漱石はまた、短篇『一夜』にも取り入れ、象徴的に禅の世界を
描き出している。『一夜』は漱石の最初の短篇集である『漾虚集』1906
年(明治39年)のなかに収録されている一篇として特に難解なものと
して知られている。この「漾虚」の意味はもとは禅家での語で「虚碧を
漾わす」14)から考えられる。「虚碧」は禅でいう「虚空」として、超俗の
境、絶対の境を表わす言葉である。このように禅的な意味の語を題に
していることから考えても、『一夜』のその基底には漱石の禅的思想
が書かれているだろうと思われるし、また『一夜』の「美人」の意味も推
測できると思う。この「美人」を描くことにして、「描けども成らず、
描けども成らず」と美人はなかなか描けない。それでその手かかりと
して「兼ねて覚えたる禅語にて即興なれば間に合はす積りか」15)と、髯
のない丸顔の人は胡座をかいて「禅」に即してその難解な問題を解決
しようとしている。が、その美人を描こうとしてもその形をつかまず
どう描けばいいか悩むことになる。髯ある人は「見た事も聞いた事も
ないに、是だなと認識するのが不思議だ」、「わしは歌麻呂のかいた美
人を認識したが、なんと畫を活かす工夫はなかろか」というが、「私に
は―認識した御本人でなくては」と女はいい、「夢にすればすぐに活

---

14)　虚碧を漾わす、「春山疊乱靑/ 春水漾虚碧/ 寥寥天地間/ 独立望何極(春山乱靑を
　　疊ね/ 春水は虚碧を漾わす/ 寥寥たり天地の間/ 独り立ちて何の極をか望む)」と
　　いう雪竇重顯の上堂として伝えられる。
15)　『一夜』『漱石全集』前掲書 第2巻 p. 127

きる」¹⁶⁾とまた鬢ある人が無造作に答えてその方法として夢によって
美人の画を活かそうと工夫する。そしてまた、「美しき多くの人の、
美しき多くの夢を……」¹⁷⁾と鬢ある人はいっているが、これは前述
の1889年(明治22年)9月9日の漢詩に見える「入夢美人声」と同じ意趣
で、漱石が二三歳の時の夢に入って美人を見るというのが、三九歳
になって小説『一夜』でその方法を提示しているようであり、また、
「兼ねて覚えたる禅語にて即興なれば間に合はす積りか」と、「美人」を
「夢」にでも実現するには禅によるしか外に途方がないといっている
ので、これは1894年(明治27年)3月9日の漢詩に示している「独倚禅牀
夢美人(独り禅牀に倚りて美人を夢む)」の句とその脈絡を同じくして
いることが分かる。すなわち、ここで「兼ねて覚えたる禅語」というの
に注目しなければならないと思う。それは漱石が一七、八歳から作っ
ている漢詩、「鴻台冒暁訪禅扉(鴻台　暁を冒して禅扉を訪う)/　孤磬
沈沈断続微(孤磬　沈々　断続して微かなり)/　一叩一推人不答(一叩
一推　人　答えず)/　驚鴉撩乱掠門飛(驚鴉　撩乱として門を掠めて飛
ぶ)」という、少年の漱石はかつて禅寺を訪ね、そして禅僧が出入りす
る禅扉を叩いた内容からたどることができることで、この最初に作
られた漢詩に禅の語が書かれていることばかりでなく漱石の人生に
おいて早くから禅語を覚えていることを示唆していることから「兼ね
て覚えたる禅語」が解されるのである。漱石が自分の人生において心
奥深く禅が刻みつけられたのを明らかにしている内容でもある。

---

16)『一夜』『漱石全集』前掲書　第2卷　p. 126
17)『一夜』『漱石全集』前掲書　第2卷　p. 127

　したがって「入夢美人声」と「独倚禅牀夢美人」の意としてはやくから覚えている禅によって「美人」を「夢」見ることをいっていると解される。ついで『一夜』で美人の画を得ようとしている鬚ある人が夢にすれば美人がすぐに活きるというのに対して女がその答えとしてせめて「夢にでも美しき国へ行かねば」といい、つづけてまた「私には—認識した御本人でなくては」と女はいっている。この答えは実に重要である。従来、禅家では、「法身」、「心の正体」の悟りとは本人が直接体得しなくては、いくら言葉、画などで形容しようとしても形容することのできない境地であると伝わってきているからである。「摩訶般若波羅蜜多心経」には法身の形容について「是諸法空相不生不滅、不垢不淨不増不減、是故空中無色無受想行識、無眼耳鼻舌身意、無色声香味触法」とあって、「法身」は、このように無形無色であるので、悟りの世界は画に描けない。ただ本人が体得するしか外に方法がない。それで漱石はこのような道理を語っている如く禅によって美人を描くことは真の人生を参究することであると認知させるためなのか、『一夜』の文尾に、「人生を書いたので小説をかいたのではないから仕方がない。」[18]と記している。これによると漱石の人生において禅の精進とその世界は欠かせない重要な問題として彼の作品所々に描寫されており、様々な形で強調されていると考えられる。

　また、この美人は小説『三四郎』には「美しい女性」として美禰子が形容されている。この「美しい女性」の美禰子は最後に「森の女」の画になるが、これは広田先生の夢の話のなかで「夢の中だから真面目にそん

---

18)『一夜』『漱石全集』前掲書 第2巻 p. 137

な事を考へて森の下を通つて行くと、突然其女に逢つた。(中略)それ
は何時の事かと聞くと、二十年前、あなたにお目にか　つた時だと
いふ。それなら僕は何故斯う年を取つたんだらうと、自分で不思議がる
と、女が、あなたは、其時よりも、もつと美しい方へ方へと御移りな
さりたがるからだ」[19]ということから解される。ここで「二十年前」と
いったのは、もしかすると前にあげた漢詩の句「入夢美人声」書いて
いる1889年(明治22年)の時でないかと敢えて論者は考えたい。その
ときから1908年(明治41年)小説『三四郎』を書くまで20年になるから
である。美しい夢のなかで美人を夢見て美しい方へ行ければそれこ
そ絶対境地に入って「心の正体」を悟ることになるだろう。相対世界
はその絶対世界から出ること、言い換えると、法身の象徴である「美
人」の表出として画にして見ること、感じることができるので、色身
の様々な道理により法身を悟ることができるのを示しているようで
ある。

　夢を夢として確実に観ずることになるため、禅による精進ととも
に悟りを求める。漱石はこのような禅による当時の心境を暗示的に
表した。それに文学的な表語として、「夢」、「美人」の語を取り入れて
禅的な意味を付与したのであるとも思う。

　「美人」は、超俗の境で接することができる「法身」であると思う。つ
まり、無形無相の「描けども成らず」の「美人」は、漱石が晩年まで追求
した「心の正体」を象徴した特有の表現であると思う。

　1916年(大正5年)9月2日の漢詩には、いままでの「夢」である禅境に

---

19) 『三四郎』『漱石全集』第4巻、p. 281

対して漱石自分の精進をよく示している。

　　　無　題

滿目江山夢裡移	滿目の江山　夢裡に移り
指頭明月了吾痴	指頭の明月　吾が痴を了す
曾参石仏聽無法	曾つて石仏に参して無法を聽き
慢作伴狂冒世規	慢りに伴狂を作して世規を冒す
白首南軒帰臥日	白首　南軒　帰臥(きが)の日
青衫北斗遠征時	青衫　北斗　遠征の時
先生不解降竜術	先生　解せず降竜の術
閉戸空為閑適詩	戸を閉ざして空しく為(つく)る閑適の詩満

　という表現で確実にその見解を表わしている。この詩には、今ま
で世俗の凡ての滿目の江山が「夢」の外で種々の煩悩妄想として自分
を悩ましたが、今になってその滿目の江山がとうとう自分の「夢」の
うちに移ることになったのがわかったし、明月を指すとき指頭だけ
みていた自分の愚かさをやっと悟ったということを語っている。こ
れは晩年まで渇望していた「夢」つまり「禅夢」の実現であるともいえ
る。そしてその「夢」のなかで聞こうとした美人の声、即ち、「絶対境
地」を得ようとしたのは「石仏」の「無法」を聞くという道理であると
解って、声なき存在から真理の声を聴くという禅理も悟ったのであ
る。
　1916年(大正5年)9月6日に作られた詩には、

無　題

虚明如道夜如霜	虚明　道の如く　夜　霜の如し
迢遞証来天地蔵	迢遞　証し来たる天地の蔵
月向空階多作意	月は空階に向かって多く意を作し
風從蘭渚遠吹香	風は蘭渚從り遠く香を吹く
幽灯一点高人夢	幽灯一点　高人の夢
茅屋三間處士郷	茅屋三間　處士の郷
彈罷素琴孤影白	素琴を彈じ罷えて孤影白く
還令鶴戻半宵長	還た鶴を令て半宵に長からしむ

　と書かれている。この詩では「夢」が「道」の高くなった人のものになっている。それを1916年(大正5年)9月9日の詩に、人間の「道」だけを見ていたが今は超俗の境地から天を観ずることになったので「人道」が「天道」である道理をもって「色即是空、空即是色」の道理を悟った今、その感謝のお礼で仏前に幽花を供養するといって、「曾見人間今見天(曾つては人間を見　今は天を見る)/ 醍醐上味色空邊(醍醐の上味　色空の邊)/ 白蓮曉破詩僧夢(白蓮　曉に破る詩僧の夢)/ 翠柳長吹精舍緣(翠柳　長く吹く精舍の緣)/ 道到虚明長語絶(道は虚明に到りて長語絶え)/。。。手折幽花供仏前(手ずから幽花を折りて仏前に供す)と詠ずることになる。ここでは白蓮の開く音まで聞く詩僧としての「夢」で、虚明なる「絶対境地」にはすべての言語文字が必要でないという境地を得た「禅夢」への達成を表出している。これは1916年(大正5年)9月26日の漢詩に一層明らかになって「大道誰言絶聖凡(大道　誰か言う聖凡を絶つと)/ 覚醒始恐石入讒(覚醒　始めて恐る石

入の讒)/　空留残夢託孤枕(空しく残夢を留めて孤枕に託し)/　遠送斜
陽入片帆(遠く斜陽に片帆の入るを送る)/　數卷唐詩茶後榻(數卷の唐
詩　茶後の榻)」と示されている。「空留残夢託孤枕」の「残夢」は、「大道」
にはまだ完全に達していないので残っている「絶対境地」への「夢」を
留めて独り精進を尽くすべきことであるゆえ、唐詩の禅詩を接して
禅への精進を絶えず実行していることであるという意趣で推量でき
る。以後、漱石は死の床につくまでその残っている「夢」を完全に解決
しようとしたのか、一層精進に尽した結果、1916年(大正5年)11月13
日の詩には、

　　　無　題

　　自笑壺中大夢人　　　自ずから笑う壺中大夢の人
　　雲寰縹緲忽忘神　　　雲寰縹緲として忽ち神を忘る
　　三竿旭日紅桃峽　　　三竿の旭日　紅桃の峽
　　一丈珊瑚碧海春　　　一丈の珊瑚　碧海の春
　　鶴上晴空仙嗣静　　　鶴は晴空に上りて仙嗣静かに
　　風吹霊草薬根新　　　風は霊草を吹いて薬根新なり
　　長生未向蓬莱去　　　長生　未まだ蓬莱に向かって去らず
　　不老只当養一真　　　不老　只だ当に一真を養うべし

　と示して「大夢」を闡明している。この詩は禅僧の富沢敬道宛の手
紙に書き入れたもので、ただの「夢」でなくその夢が「大夢」として表
現していることに注意される。ここで「大夢人」は大夢を見る人とし
て、自ずから笑う「自笑」の語が前に置かれていることにもとついて

その意味が深められていることがわかる。長い間の修行でやっと成し遂げて見たら雲のように空しい大地がはるかに遠く見え、忽ち精神を忘却して覚って見ると心という存在も無いものであるという道理を悟って「大夢」を成すことになったという意であろう。それで分別無しに見たありのままの光景であることを表現して禅定に入って不生不滅、不少不老の理屈もつかまった今にはもう不老長生の仙薬を求めて蓬莱山まで行かなくても済むことになった、つまり漱石自分の一生の「夢」をかなったというのを自信をもっていっているようである。実に「絶対境地」に入った「大夢」を見る人の漱石の修行と悟りが見える禅境を表出している。

5. おわりに

　以上、考察したとおり、漱石の作品の中に使われている「夢」と「美人」の語は数多いがそのなかで1889年(明治22年)の漢詩句「入夢美人声」と1894년(明治27年)の漢詩句「独倚禅牀夢美人」の「夢」と「美人」の意味は禅をもとにして漱石が求めていた禅境としての絶対境の象徴で用いられていることがわかる。早くから「人生」の問題の工夫をしていた漱石はこの時期に子規との漢詩の往来を通じて再び自分の内面と禅境を語り、「入夢美人声」の詩句を出した以後、その「絶対境地」に入る「夢」のための修行が晩年までつづけられたということもわかる。英国留学の後10年ぶりに書いた詩にも変わらず「寂然禅夢底」と書いて「禅夢」として絶えず心の奥から求めていた「絶対境地」に対す

る願望を表わしている。そして青少年から希求していたこの「夢」が
長い間の禅修行により死の前になってとうとう絶対境地の「大夢」を
見る人として漱石の「夢」の結実が得られたことが解るようになった
のである。また、世の中の煩いから超越する超俗の境である高逸の
境地に達したものの象徴語として「美人」という言葉を用いたと思う
のである。絶対境の象徴として漱石は漢詩、小説などの作品の所々
で、「心の正体」を解悟する一つの手段で「美人」を取りあげている。
この「美人」をめぐる様々な角度を作品に表現しているし漱石自分の
思想を示していると思う。「独り禅牀に倚りて美人の声を夢む」の句
には「美人」とともに「夢」、「禅」を表わして見性への切実な求道を表現
している。「入夢美人声」の本意として考えられるのは「独倚禅牀夢美
人」の句とともに「坐禅観法...... 寐てくらす人もありけり夢の世に」、
「夢に美人に邂逅したる時の興味抔は言語につくされたものにあら
ず昼寐も此境に達せざれば......」などの内容から解ることができる。
したがって「入夢美人声」は、超俗の境で接することができる「絶対境
地」「悟りの境地」としての「美人」、それは「心の正体」「法身」で「見性成
仏」を語っていると思う。そしてそれを達成してその境に入る「夢」を
成し遂げて死の前にはその「大夢」を得て自笑したのではないかと思
う。

参/考/文/献

• 江藤淳(1984)『江藤淳文学集成·夏目漱石論集』河出書房新社

• 江藤淳(1970)『漱石とその時代』第一部 新潮社

• 岡崎義恵(1968)『漱石と則天去私』宝文館出版株式会社

• 齋藤順二(1984)『夏目漱石漢詩考』教育出版センタ

• 佐古純一郎(1990)『夏目漱石の文学』朝文社

• 『大正新脩大蔵経』(1928) 大正新脩大蔵経刊行会

• 中村元。紀野一義訳注(1968)『般若心経·金剛般若経』岩波文庫

• 夏目漱石(1966)『漱石全集』岩波書店

• 夏目漱石(1994)『漱石全集』岩波書店

• 『日本文学研究資料叢書·夏目漱石』(1982) 有精堂

• 三好行雄編(1984)『鑑賞日本現代文学·夏目漱石』角川書店

• 平岡敏夫(1993)『日本文学研究大成·夏目漱石』図書刊行会

• 松岡譲(1966)『漱石の漢詩』朝日新聞社

• 村岡勇編(1976)『漱石資料—文学論ノート』岩波書店

• 吉川幸次郎(1967)『漱石詩集』岩波新書

漱石の作品における「女性」の位置

1. はじめに

　漱石の作品の多くが三角関係を主題にして構成されていると考える傾向がある。漱石がこのような女性をめぐる三角関係を作品に設定することについてはまず作家自身の生活の経験をもとにしたのではないかと推測されて多くの研究家たちがこの問題に関心を持っているらしい。その内容面から見るとき、漱石研究者は漱石の周りにいた女性たちとの恋人関係に立脚して作品の中の女性たちと比較して理解しようとする立場からその連関関係を結んでいる。このような傾向は漱石が実際の恋愛経験を自分の作品に反影したという思考を基底にしたうえ、その先入観で作家の思想と作品の内容把握が研究されたと思われる。しかし、漱石の作品に登場する女がそのような役割であると一貫することができるかというのが疑問点として挙げられる。漱石がどのような意図で作品の中に女の位置を設定している

か、その役割はどんなものであるかを研究することにしてこそ彼の
作品の理解により明確にすることができるだろうと思う。したがっ
て本論では恋愛問題としての男女の三角関係より漱石に内在されて
いる根本思想はなんであろうか、作品に現れている女性の位置とそ
の内在されている思想とどういう関係を持っているか、またそれに
伴う示唆点はなんであろうか等に重点を置いて考察したいと思う。

2.『草枕』の那美

　『草枕』は漱石の初期小説で、人情の世界を離れて主人公「画工」が非
人情の世界を傍観的に捕捉して真の画に表現しようとする内容であ
る。したがって『草枕』には本格的に「道」を求めて俗界を離れて「私利
私慾の羈絆を掃蕩する」「俗念を放棄して、しばらくでも塵界を離れ
た心持ちになれる」[1]雰囲気と意趣が書かれている。こういう立場か
ら「煩悩を解脱」し、「霊台方寸のカメラにの俗界を清くうら　かに」収
めて「人の世を長閑にし、人の心を豊かにする」[2]境地を定着しようと
する。作家漱石が内面に持っている禅の世界として絶対の境地を表
現しようとした一つの試図であるといえる。
　このような境地を漱石は「非人情の天地」として表現しており、世
俗を超越する世界として表出している。そしてそれらから真の詩、

1)『漱石全集』前掲書 第2巻 p. 393
2)『漱石全集』前掲書 第2巻 p. 388

真の画を得ようとする。この相手として那美という女がいる。画工は「憐れ」を塵界を超越した「非人情」の境界から求めるため、「放心」と「無邪気」による「余裕」を持って超然に全てを観照する。そして、画工は観海寺の和尚の言行から真の芸術家の姿を感じることになる。世俗のにおいがしない純粋な画、世俗の情を離れている言葉、それらは人情から出た人情でなく、非人情から出た人情を自由に表出したのである。

　第12章にはこの和尚について次のように書かれている。

　　彼の心は底のない嚢の様に行き抜けである。何にも停滞して居らん。随所に動き去り、任意に作し去つて些の塵滓の腹部にする景色がない。もし彼の脳裏に一点の趣味を貼し得たならば、彼は之く所に同化して、行屎走尿の際にも、完全たる芸術家として存在し得るだらう。[3]

と悟達した境地を表現している内容である。即ち悟りの境地である「法界」から「色界」が描出されると完全な芸術が成立されるということである。仏教でいう「体」と「用」の道理で「体」としての「底のない嚢」、「用」としての「一点の趣味」の法理を和尚から得たのである。

　このような観海寺の和尚から那美に対する重要な情報を得ることになる。和尚は那美について「わけのわかった女」と話してくれたのである。実にこれは大事なことばである。その体用の道理をわかって

3)『漱石全集』前掲書 第2巻 p. 521

いる女であることを示唆したのである。

　「無」と「有」の逍遙で、画工は那美が振袖の姿で徘徊している行動を無邪気であると感じて、「黒い所が本来の住居で、しばらくの幻影を、元の儘なる冥漠の裏に収めればこそ、かやうにかんせいの態度で、有と無の間に逍遙してゐるのだらう。」[4]と表現している。画工は那美と「非人情」について話し合ってから鏡の池にいく。そして「非人情」の画を構想する。

　一人の人間にすぎない那美の顔から人間以上の永久な平等性を追求する。それは嫉妬でも憎惡でも怒りでも怨望でもない「憐れ」であることを覚る。作者は「公平と無私の境を示している自然には塵界を超越して「憐れ」を感じることができるし、「憐れ」を観ずる余裕がある」と書いている。[5]　那美の表情から「憐れ」を求める。「『草枕』が禅的な非人情を中心としてゐることは否み難いけれども、その底に『憐れ』といふ哀の潜むべきことが要請されてゐることも疑ひ得ないやうに思ふ。」[6]と「憐れ」について岡崎義惠がいっているようにまず禅の世界からそれを観るべきである。そしてその禅の世界に「わけのわかった女」の那美がいる。この「憐れ」を得るため那美に導いて行くしかないのである。あわせて画工自分の心も察し得なければならない。人間の心は絶えず変わる、この心を利那に認識するのは、自分の内面の問題で外部から感じ取るのではない。

---

4)『漱石全集』前掲書 第2巻 p. 462

5)『漱石全集』前掲書 第2巻 p. 497

6) 岡崎義惠(1967)『漱石と則天去私』宝文館出版株式会社 p. 103

　　わが感じは外から来たのではない、たとひ来たとしても、わが視界
　　に横わる、一定の景物ではないから、是が原因だと指を挙げて明らか
　　に人に示す訳に行かぬ。あるものは只心持ちである。此心持ちを、どう
　　あらわしたら画になるだらう―否此心持ちを如何なる具体を藉りて、
　　人の合点する様に髣髴せしめ得るか　問題である。[7]

　人間の世界においてのあらゆるものの世俗的な心理作用とか人
事葛藤があっては、画工が目的にする非人情の美的な画にはならな
い。普通の画には『三四郎』の美禰子の画がある。美禰子の画を描いた
画家の原口は、「画工はね、心を描くんぢやない。心が外へ見せを出
してゐる所を描くんだから、見せさへ手落なく観察すれば、身体は自
から分かるものと、まあ、さうして置くんだね。(中略)だから我々は
肉ばかり描いてゐる。」[8]といっている。『一夜』でも女と画の内容が書
かれている。『一夜』は、短篇集である『漾虚集』に収録されている短篇
の中の一つで、一人の女と二人の男が一夜を過ごしながら夢と「描け
ども成らず」の画に対する問答をするが、途中で床に入って一夜を過
ごすという内容である。そして「見た事も聞いた事もないに、是だな
と認識するのが不思議だ」、「わしは歌麿のかいた美人を認識した
が、なんと画を活かす工夫はなかろか」[9]という「髯ある人」に「涼しき
眼の女」は、「私には―認識した御本人でなくては」と答える。画の実
体を実感するのは本人が直接実感すること、絶対境地の実感は他力

7)『漱石全集』前掲書 第2巻 p. 456
8)『漱石全集』前掲書 第4巻 p. 253
9)『漱石全集』前掲書 第2巻 p. 127

によるものでなく、あくまで自力であること、禅による悟道もこのようなことであると示している。『一夜』の「涼しき眼の女」は二人の男の中間に位置して二人の男がいう問題に対してどちらにも傾けなく中立の立場で暗示的に二人の男が行くべき方向を提示しているのである。その一例として「画家ならば画にもしましよ。女ならば絹を桦に張つて縫ひにとりましよ。」[10]といって、女は何らかの偏見も持たずに自由自在な様子でその役割に果たしていることを示唆している。これは仏教的にいうと縁によって変わる万法の妙な道理が現れる「用」の道理を見せているともいえる。このように三人が座している位置と共に漱石は至極暗示的に女を設定している。この暗示性は当時の漱石自分の内面的な確立の問題で、『一夜』の冒頭から「描けども成らず、描けども成らず」、「兼ねて覚えたる禅語にて即興なれば間に合はす積りか」[11]と提示しているのに照らしても漱石は禅に立脚して作品の内容を展開していたことに違いないと思われる。

　これに対して『草枕』の画工は、心持ちを大事にして、その対象を選ぶことに苦心している。そして、心持ちに恰好なる対象として、画工は那美を選ぶことになるが、那美の表情には一致がないことを見て、「悟りと迷いが一軒の家に喧嘩をしながらも同居している体だ」[12]といい、心の統一がないのを指摘している。心の統一とは平穏な禅の世界であると同時に、「非人情」の世界である。したがって画工は、心の統一がある表情から浮かんでくる「憐れ」を求めていることを示唆

---

10)『漱石全集』前掲書 第2巻 p. 127
11)『漱石全集』前掲書 第2巻 p. 127
12)『漱石全集』前掲書 第2巻 p. 423

している。つまり、「非人情」から浮かんでくる「人情」を描くために、「全然色気がない平気な顔では人情が寫らない。どんな顔をかいたら成功するだらう」[13]と悩みつづける。画工は、「憐れ」の念が少しも現われていない那美の顔から物足りなさを感じ、「ある咄嗟の衝動で、此情があの女の眉宇にひらめいた瞬時にわが画は成就するであらう。」[14]と絶えず那美にひそかに導かれながらそれを追求する。

　神に尤も近い人間の情である「憐れ」さえあれば、那美の顔を画材にして、世俗の色相世界から離れた「非人情」の世界で逍遥する真の画を成就することができる。画工は、那美の振袖の姿を見た夜、「金の屏を背に、銀燭を前に、春の宵の一刻を千金と、さ　めき暮らしてこそ然るべき此装の厭う景色もなく爭ふ様子も見えず、色相世界から薄れていくのは、ある点に於て超自然の情景である。」[15]とやっと色相世界、つまり相対世界から離れている絶対世界の非人情的な那美を感じたのである。那美の顔には、「静」と「動」が豊かに落ち付きを見せているに引き易えて「乱調」であることに迷う。

　このように感じ得た画工は、超自然の情景から表出される「静中動」に対してさらに語っている。

　　元来は静であるべき大地の一角に陥欠が起つて、全体が思はず動い
　　たが、動くは本来の性に背くと悟つて力めて往昔の姿にもどらうとし
　　たのを、平衡を失つた機勢に制せられて、心ならずも動きつづけた今

13)『漱石全集』前掲書 第2巻 p. 466
14)『漱石全集』前掲書 第2巻 p. 510
15)『漱石全集』前掲書 第2巻 p. 462

日は、やけだから無理でも動いて見せると云はぬ許りの有様が——そん
な有様がもしあるとすれば丁度この女を形容することが出来る。[16]

　ここで、「静であるべき大地の一角に陥欠が起って全体が思はず動
いた」ものと、「動いて見せると云はぬ許りの有様」が、「憐れ」の意味
として捕えられる。
　この色相世界で、主と客は離れているようであるが、その本体は一
つである。これについては『野分』の第9章に次のように述べられてい
る。

　　主客は一である。主を離れて客なく、客を離れて主はない。吾々が
　主客の別を立てて物我の境を判然と分割するのは生存上の便宜であ
　る。形を離れて色なく、色を離れて形なきを強ひて個別するの便宜、着
　想を離れて枝巧なく枝巧を離れて着想なきを暫く両体となすの便宜と
　同様である。[17]

　主と客が分別上で見ると各々離れているようであるが、その本体
は一つである。二つで区別して見るのは「用」の道理である。その「用」
の面だけに執着すれば、相対世界から離れることができないが、そ
の本体を見抜くと、すべてが一如である絶対世界に接することがで
きる。これが「体」の道理である。したがって、「用」を離れて「体」がな
く、「体」を離れて「用」がない「用」と「体」が不二である真理に逢着する

16)『漱石全集』前掲書 第2巻 p. 422
17)『野分』『漱石全集』前掲書 第2巻 p. 702

ことになる。

　『一夜』にも「美しき多くの人の、美しき多くの夢を…」と何度もいっ
ている「鬚ある人」に、女は「せめて夢にでも美しき国へ行かねば」と
いったり、「描けども成らず、描けども成らず」と繰り返していっている
る鬚のない丸顔の人には「画家ならば繪にもしましよ。」[18]といったり
して問題の解決に対する方向提示もする。また「縫へば如何な色で」
と問う「鬚ある人」には「絹買へば白き絹、糸買へば銀の糸、金の糸、
消えなんとする虹の糸、夜と昼との界なる夕暮の糸、恋の糸、恨みの
色は無論ありましよ」[19]といって「用」道理の自由自在をいったりもす
る。即ち、「体」をもとにして「用」の道理を比喩した表現として、状況
と因縁にしたがうべき現象世界の機縁による分相の妙用を表してい
る。漱石は『禅門法語集』に「体」と「用」について「心ノ体ト用ノ移リ際
ノ働キヲ機トイフナリ」[20]と書いている。実にこのような道理を『草
枕』の那美、『一夜』の「涼しき眼の女」を通じて注意しているのではな
いかと思う。また「鬚ある人」が「世の中が古くなつて、よごれたか」と
女に問うと、「よごれました」と答える。これに対して「鬚ある人」は
「古き壺には古き酒がある筈、味ひ給へ」と女にいうが、「古き世に酔
へるものなら嬉しかろ」と答える。ここで女がいう「古き世」は元々の
絶対世界の世界であろう。絶対世界にはいることになるといかによ
いかという懇望を提示して『一夜』の「涼しき眼の女」は導いている。

　「用」にだけ心を奪われて執着に陥ると、人情の世界から離れるこ

とが出来ない。その本体の「体」の分で「用」を認識してこそ、『草枕』の
画工が求める真の画が得られるのである。無我の境地で我の真体を
体得しようとする漱石の意図がうかがわれる面でもある。

　以上のように、解脱の境がある東洋の詩、超然と出世間的に利害損
得の汗を流し去った心持ちになれることをそのまま小説の世界に昇
華している漱石の心境は、冒頭で示しているように、「煩悩を解脱」す
ること、「清浄界に出入」すること、そして「不同不二の乾坤を建立」し
得ると信じてその相手として那美という女にあてて積極的な態度で
読者に示そうとしたのであろう。

　漱石はこのような展開で、「人情」と「非人情」の対語で表現し、人間
の日常生活には非人情なるものはない、すべてが人情である。人情を
排除しては此世の中の人間の場を考えにくい。だから人情を超越し
て観ずる事、そこから俗界の人情を観ずること、それこそ非人情であ
るといって非人情の観点から感じ取った人情であるものを画材とし
て描き、那美によって真の画を得る。

　自然天然に美的生活をしている那美に着眼した画工は、那美の顔
で足りなかった「憐れ」も観ずる。つまり、「用」の表出である「一点の
趣味」が「憐れ」であること、この「憐れ」を解し得た画工の悟りの成就
であると論者は思う。小説の終わりに至って離縁の亭主を見送る那
美の顔から画工は「憐れ」に接する。画工はこの瞬間、「真の画」を成就
する。胸中の画はこの咄嗟の際に完成されたのである。つまり那美は
画工に真の画に導いた役割を果たしたのである。

3.『三四郎』の美禰子

　1908年(明治41年)に書かれた『三四郎』は、漱石の小説の中でも恋愛小説として青春の物語に代表されているのが一般説で、恋愛と失恋を取り上げた通俗的な小説のように評されている。このような世間の評価に関して、越智治雄は、「広く愛読されながら、なお評価の定まらぬ奇妙な作品である。一編の風俗小説として否定し去るのであれば、事は簡単であるが、そうするには多くの人をひきつける魅力が気になる。部分的に意味を取り出すのでは、統一のある總体としての『三四郎』という小説世界は無意味なものでしかなくなる。もちろん、『三四郎』に破綻をみ、作者漱石の計量の失敗を指摘することも不可能ではない。しかし、この作品ははたしてそれほど無惨な失敗を露呈しているのであろうか。」[21]と述べている。したがって、従来の『三四郎』の評には考え直すべきの問題があると思う。それは美禰子という女を三四郎の恋人としてみる単純な恋愛小説に位置付けるより漱石の根本的な思想から再照明しなければならないと思うからである。

　『三四郎』と同じく『一夜』も登場人物が女一人と男二人という設定から余地なく三角関係に読まれたりする。今西順吉は、「人物の取り合わせが後の漱石作品に繰り返し用いられる「三角関係」と同様であるため、男の一人は誰かという推測もなされている。」[22]という。ここ

21)　越智治雄(1971)『漱石私論』角川書店 p.136
22)　今西順吉(1988)『漱石文学の思想』第一部 筑摩書房 p.426

でいう三角関係とは男女の恋愛感情が絡んでいるのを前提にしたのである。しかし、『一夜』でも三人の男女が話題にしている内容や雰囲気では単純に男女の三角関係であると断定するには考慮の余地があると思われる。まず、『一夜』が収録されている『漾虚集』という題目から考える必要があると思う。「虚碧」とは、禅でいう虚空の意味で世俗を超越した境地、絶対の境地を表す言葉である。要するに禅的な意味の題目にしたことからみて『一夜』に設定されている女の役割も漱石の禅的である思想が内在されているのではないかと考えられるのである。[23]

　三四郎と美禰子の関係も、いわゆる恋人としての関係であると断定し難いのである。次の文章からそれを察することができる。

　　三四郎は近頃女に囚はれた。恋人に囚はれたのなら、却つて面白いが、惚れられてゐるんだか、馬鹿にされてゐるんだか、怖がつて可いんだか、蔑んで可いんだか、廃すべきだか、続けべきだか訳の分からない囚はれ方である。三四郎は忌々敷なつた。[24]

　三四郎は「訳の分からない囚われ方」で迷っている。自分が自分を把握できない状態であると語っている。これを、傍観の立場で批評家のような広田先生は美禰子に対して次のようにいう。

　「あの女は落ち付いて居て、乱暴だ」

―――――――――――

23)　陳明順(1997)『漱石漢詩と禅の思想』勉誠社 p. 79
24)　『漱石全集』前掲書 第4巻 p. 175

「(中略)あの女は心が乱暴だ。尤も乱暴と云つても、普通の乱　暴と
は意味が違うが。…」[25]

漱石はその訳として次のように書いている。

新しい吾々の所謂文学は、人生そのものの大反射だ。(中略)
吾々は西洋の文芸に囚はれんが為に、これを研究するのではない。
囚はれたる心を解脱せしめんが為に、これを研究してゐるのであ
る。[26]

これは、『野分』の道也先生の論文「解脱と拘泥」からうかがわれる内
容でもある。世間のあらゆる物事、そこから起こる煩悩で「囚われた
心を解脱」すべきことを、漱石は強調している。その方法として三四
郎に与えられた課題を小説の前半部に設定している。
　まず、三四郎は与次郎の提案で図書館に入ることになり、そこで手
にした本の中の書き込みである。

唯哲人ヘーゲルなるものありて、講壇の上に、無常普遍の真を伝ふ
ると聞いて、向上求道の念に切なるがため、壇下に、わがの疑義を解釈
せんと欲したる清浄心の発現に外ならず。此故に彼らはヘーゲルを聞
いて、彼らの未来をし得たり。自己の運命を改造し得たり。[27]

---

25)『漱石全集』前掲書　第4巻 p. 147
26)『漱石全集』前掲書　第4巻 p. 141
27)『漱石全集』前掲書　第4巻 p. 13

　これらを見ると、まさに三四郎が行くべき未来を暗示しているようである。また、これは同時に作者の意図が婉曲に示されている部分でもある。漱石は、三四郎をして、「無常普遍の真」を伝える消息と共に、切なる「求道の念」で清淨心を発現すべきこと、それによって未来を決定することができる、したがって、「自己の運命を改造」することができるという意を明らかにしている。また、これが仏教語で書かれていることに注意して見れば、漱石の思想である禅によるもので、その「運命を改造」すべき課題を果たしているようである。

　三四郎のこのような運命の改造を伏線として示した作者は、次には野々宮の家での女の死をめぐる場面で、それが更に身近なものとして提示している。自殺した女の死骸を見て、三四郎は「人生と云ふ丈夫さうな命の根が、知らぬまに、ゆるんで、いつでも暗闇へ浮き出していき」そうな無残な運命を因果と結び付け思うことになる。そして、その運命というのが他人のものではなく、三四郎自分のものとして持たされる。再会した「凡ての上に冠として美しい女性」との出会いで、その運命が予示されるのである。第3章である。

　　池の女が立つてゐる。はつと驚いた三四郎の足は、早速の歩調にが
　　出来た。其時透明な空気のの中に暗く描かれた女の影は一歩前へ動い
　　た。三四郎も誘はれた様に前へ動いた。二人は一筋道の廊下の何處か
　　で擦れ違はねばならぬ運命を似て互ひに近付いて来た。[28]

---

28)『漱石全集』前掲書 第4巻 p.65

　三四郎と美禰子との擦れ違わねばならぬ運命は、この小説の中で中心の筋になっている。女が「一歩前に動く」につれて、三四郎も「誘われたように」動くのが小説の核になって提示されているのであると論者は思う。勿論、このことは、三四郎の内面を豊かにする導きとして女の役である。このように運命というものを漸次的に三四郎に反映して行く構造は、やがて三四郎自身が解決しなければならない問題として現れる。

　三四郎が上京の汽車のなかで出会った女性に「あなたは余つ程度胸がない方ですね」と、三四郎の弱さが指摘される。それで、三四郎は、「二十三年の弱点が一度に露見したような心持ちであつた。親でもあ旨く言ひ中てるものではない。…」[29]という。このように漱石は、冒頭から三四郎という人物の弱さをまず印象付けておく。そしてこのような設定から、周りの人物、特に女性を用いて三四郎を成長させていくのである。

　要するに、作者は主人公三四郎の相手になっている女性、美禰子を中心にして、作者が意図している思想を展開していく構成を取っているのである。三四郎にはその意図に自然に誘導される感じで、美禰子にその主導権を握らせている。

　この美禰子に関して、岡崎義恵は、美禰子の三四郎に対する態度が、「かなり不可解であること」に対して、「漱石的女性の一特徴を示している」[30]と述べている。が、岡崎義恵は不可解の正体については

---

29) 『漱石全集』前掲書 第4巻 p14
30) 岡崎義恵(1890)『漱石と則天去私』宝文館出版株式会社 p. 165

触れていない。何が不可解な問題であるか、どのような面が美禰子の不可解な態度であるかが、この小説においての作者の主な意図であると主張したい。単純に男女の恋愛の次元を超えて、示唆しようとした禅の世界、つまり漱石は、人生とは何かという根本思想を小説全般に敷いているし、その問題を女性である美禰子の言動をして導出していると思う。

『三四郎』の連載の前の1908年(明治41年)8月19日、この小説の「予告」が発表されている。

> 田舎の高等学校を卒業して東京の大学に這入つた三四郎が新しい空気に触れる、さうして同輩だの先輩だの若い女だのに接触して色々に動いて来る、手間はこの空気のうちに是等の人間を放す丈である、あとは人間が勝手に泳いで、自ら波瀾が出来るだらうと思ふ、さうかうしてゐるうちに読者も作者も此空気にかぶれて是等の人間を知る様になる事と信ずる、もしかぶれ甲斐のしない空気で、知り栄のしない人間であつたら御互いに不運と諦めるより仕方がない、たゞ尋常である、摩訶不思議は書けない。[31]

ここで明らかにされているのは、「この空気のうちに是等の人間を放す丈である」ことにして、三四郎に中点がおかれずその空気の流れにより、「あとは人間が勝手に泳いで、自ら波瀾が出来る」ことに期待している。そして、読者も作者もその空気にかぶれて、三四郎をめぐっている人間達によって三四郎の内面の成長を注視するのがこの

---

31)『漱石全集』前掲書 第11巻 p. 499

小説の示唆点である。

　この予告のとおり、作者は三四郎が自ら感じ得ることにし、美禰子を主にしてその空気が被られるように筆を旨く動かすのである。このように三四郎を動かし、成長させる役割が美禰子であるからである。

　まず三四郎は、東京という「新しい空気」の中で、自分の前に三つの世界があることを認識する。第一の世界は、遠くにある母の所である。戻ろうとすればすぐに戻れるが、いざとならない以上は戻る気がしない過去である。「凡てが平穏である代りに凡てが寐坊気てゐる」立退き場のようなものである。第二の世界は学問の世界である。苔の生えた煉瓦造りの建物があり、積み重ねた書物、広い閲覧室がある。三四郎は上京の汽車の中ですでにこの世界を思い描いている。

　　　三四郎は急に気を易へて、別の世界のことを思出した。―是から東京に行く。大学に這入る。有名な学者に接触する。趣味品性のつた学生と交際する。図書館で研究をする。著作をする。世間で喝采する。母が嬉しがる。[32]

　この第二の世界に入るものは、「現世を知らないから不幸で、火宅を逃れるから幸であるといい、きたない服装、貧乏な生計をしていながらも太平の空気を、通天に呼吸して憚からないという世界である。広田先生、野々宮君はこの内にいるし、三四郎もその中の空気を

---

32)『漱石全集』前掲書 第4巻 p. 13

ほぼ解し得た所にいる。ここで、「現世を知らない」というのは、世間の様々な執着、そこから生じる欲心、煩悩などから逃れる意味であろう。ただ逃れるというのは、超越するという意ではないので、この第二の世界も、勿論現世でありながら火宅であることになる。

したがって、火宅を逃れる第二の世界の次に来る第三の世界は当然火宅である。が、第三の世界の説明に火宅のことは触れていない。第三の世界は三四郎にとって最も深厚な世界として表現されている。

> 第三の世界は燦として春の如く盪いている。電灯がある。銀匙がある。歡声がある。笑語がある。泡立つ三鞭の盃がある。さうして凡ての上に冠として美しい女性がある。三四郎はその女性の一人に口を利いた。一人を二編見た。この世界は三四郎に取つて最も深厚な世界である。この世界は鼻の先にある。た　近づき難い。近づき難い点に於て、天外の稲妻と一般である。三四郎は遠くから此世界を眺めて、不思議に思ふ。自分は此世界のどこかへ這入らなければ、其世界のどこかに欠陥が出来る様な気がする。自分は此世界のどこかの主人公であるべき資格を有してゐるらしい。それにも拘らず、円滿の発達を冀ふべき筈の此世界が、却つて自ら束縛して、自分が自由に出入すべき通路を塞いでゐる。三四郎にはこれが不思議であつた。[33]

三四郎において「燦として春の如く盪いている」世界が意味しているのは果たしてなんであろうか。第二の世界と区別して燦として春

---

[33] 『漱石全集』前掲書 第4巻 p. 86

の如くであるというものには、三四郎の希望と未来が存在し得る世界であるからである。第一、第二、第三の世界が火宅であるのは同様であるが、第三の世界には三四郎自身が主人公になれる余裕がある。まだその資格を得ていないことで自分に束縛されているが、その資格を得ることになると、この世界を自由に出入りができるはずであると三四郎は感じ得ている。その資格を得て、近づき難い世界にある「凡ての上の冠としての美しい女性」の正体を捕えるのが、この世界の主人公になる道である。

　さて、「燦として春の如く盪いている」世界が三四郎にとって現在、そして未来を意味するのならば、それは、眼にするあらゆる相対世界の異なる表現としてとらえることができる。それを遠くで眺める世界というのは、つまり、絶対世界の存在を暗示しているともいえる。また、自分がこの世界の主人公であるべきだというのは、その相対世界の主人公であること、すなわち絶対世界である法身の意味を与えている。森羅万象の主人公として受け入れてよいと思われる。その主人公はまだ、自ら束縛する執着がある、この世に飛び込んだばかりの人生だから自由に出入りができないこと、つまり世俗の中で、絶対世界に接していないから、自分自らその出入りを塞いでいる状態になっている。

　そして、漱石はこのような構図の中に、「凡ての上に冠として美しい女性」を設定したのである。「凡ての上」、それは相対世界のすべて、つまり色相世界の上の絶対世界であり、「凡ての上に冠として美しい女性」とは、絶対境そのものの現れとして提示した象徴語であると思う。

　したがって、相対世界、絶対世界の両方の世界を認識しなければならないこの世界に三四郎が近づくのは容易ではない。その境地に立つのは、「天外の稲妻と一般である」といっている。すなわち、絶対境に入るのは刹那のことで、捕えるのが至難であることを意味していると思う。が、三四郎は自分がこの世界のどこかの主人公でなければどこかに欠陥ができるような感じはすでに持っている。というのは、この世の主人公が自分であるのは当然のことであるが、まだ、実感していないだけである。それを観眺して三四郎に自覚させるように導くのが凡ての上の冠としての「美しい女性」で、この小説では美禰子がその座におかれているのである。

　それはただの女として読み過ごしてすむような単純な問題ではない。女よりは人間、また人間の上に位置づけられているのである。それが『三四郎』のなかの「凡ての上の冠として美しい女性」であり、『一夜』の「涼しき眼の女」であり、『草枕』の「わけのわかつた女」等々である。

　小説の中で「仏教に縁のある相」[34]として野々宮が紹介されている。妹の病院から帰ってきた野々宮は、三四郎から、死を見たという経験を聞いて、驚くほどの落ち付きを見せる。「それは珍しい。滅多に逢へない事だ。僕も家に居れば好かつた。死骸はもう片付けたらうな。行つても見られないだらうな。」[35]と野々宮がいう。このような野々宮に対して次のような感想が述べられている。

---

34) 『漱石全集』前掲書 第4巻 p. 26
35) 『漱石全集』前掲書 第4巻 p. 56

野々宮君の呑気なのには驚いた。三四郎は此無神経を全く夜と昼の
差別から起るものと断定した。光線の壓力を試験する人の性癖が、か
う云ふ場合にも、同じ態度であらはれてくるのだとは丸で気が付かな
かつた。[36]

　感情の揺れがなく、落ち着いた態度を示しながら無神経的に死を
話す野々宮である。漱石がこのように仏教と縁がある相としての
野々宮を、三四郎の身近に傍観者として設定したのにも、三四郎を
めぐって禅の世界を描こうとする漱石の意志があるのではないか。
三四郎も死を見て、未来は自分も批評家的に存在することを考え出
すことになる。漱石は、これを起点にして三四郎をして人生の大問
題に足を踏み出させるように展開している。世間的な煩悩を傍観す
ること、つまり「観法」を実行することとし、三四郎が行くべきの人生
の道程を提示したのである。「観法」は禅において不可欠なものであ
る。すなわち、これは、漱石が抱いている禅への接近を読者に抵抗無
しにうまく描いているのであるといえる。そして無残な運命と因果
を超越すべきこともあわせて示唆している。生と死の問題を切実に
考えたことがない三四郎は、女の死を見て不安を感じ、「因果」の恐ろ
しさと無残な「運命」を感じる。この不安は、『それから』の代助にも与
えられている。自己から隠蔽するためには、君子か、分別の足りない
愚物になるしかないと考えた代助は何れでもない自分に対して不安
を感じるのである。それについて次のように書かれている。

---

36)『漱石全集』前掲書 第4巻 p. 56

　其上彼は、現代の日本に特有なる一種の不安に襲はれ出した。其不
安は人と人との間に信仰がない原因から起る野蛮程度の現象であつ
た。彼は此心的現象のために甚しき動搖を感じた。(中略)相互が疑ひ
合ふときの苦しみを解脱するために、神は始めて存在の權利を有す
るものと解釈してゐた。[37]

　人間において根本的な不安は自らの信仰がないからであり、その
不安から超越するためには解脱すべきであること。そして解脱する
ために、この世に置かれている色身を認識してその認識から絶対境
を感じるのである。このような不安からの脱せられる実質的な方
法、即ち参禅に至るまでの踏出しとして三四郎が設定されたといっ
てよいと思う。三四郎のそれは、「死」から考え始める。この死は、「凡
ての上に冠として美しい女性」である美禰子の口によって再び登場す
る。そして、三四郎は更に深刻に考えることになる。「仏教に縁のある
相」の死に落ち着いている野々宮と美禰子との対話からうかがうこと
ができる。

　「そんな事をすれば、地面の上へ落ちて死ぬ許りだ」(野々宮)
　「死んでも、其の方が可いと思ひます」(美禰子)
　「尤もそんな無謀な人間は、高い所から落ちて死ぬ丈の価値は充分
ある」
　(野々宮)

---

37)『漱石全集』前掲書 第4巻 p. 452

「残酷な事を仰しやる」(美禰子)[38]

　これは、菊人形を見に出かけようとして広田先生の家に集まった
場面で交わされた対話である。この話を耳にした三四郎は、広田先
生、よし子、野々宮、そして美禰子の四人づれの後を追っかけながら
「一団の影」を高い空気の下に認める。

　　四人は細いを三分の二程広い通の方へ遠ざかつた所である。此一団
　の影を高い空気の下に認めた時、三四郎は自分の今の生活が、熊本当
　時のそれよりも、ずつと意味の深いものになりつゝあると感じた。曾
　て考へた三個の世界のうちで、第二第三の世界は正に此一団の影で代
　表されてゐる。影の半分は薄黒い。半分は花野の如く明らかである。さ
　うして三四郎の頭のなかでは此両方が渾然として調和されてゐる。[39]

　この一節は、三四郎にとって重要であるといえる。「観」の意味が与
えられた「傍観」者としての批評家になりつつある三四郎を表現して
いるからである。遠ざかった所に、四人を高い空気の下に置かれてい
る一団の影として観ずることになったのがそれである。そしてその
影の半分から薄黒いものを、半分からは花野の如く明らかなるもの
を観じた、つまり、死と生の共存している現世である第二第三の世
界を見たのである。薄黒い影が「死」であり、花野の如く明らかな影が
「生」として三四郎は受け入れたのである。

---

38)『漱石全集』前掲書 第4巻 p. 120
39)『漱石全集』前掲書 第4巻 p. 122

　人生は知らぬ間に死へ移ってしまう。三四郎はまた不安を感じる。この死はいつかは自分にも訪れる問題である。漱石はこういう展開に次いで、次のように三四郎の心境を描いている。

　　自分もの間にか、自然と此のなかに織り込まれてゐる。た　そのうちの何處かに落ち付かない所がある。それが不安である。歩きながら考へると、今さき庭のうちで、野々宮と美禰子が話してゐたが近因である。三四郎は此不安の念をる為めに、二人の談柄を再びして見たい気がした。[40]

　落ちつかない自分、不安な自分であると思う三四郎は、その原因が「死」であることを思い、その不安を解決するためには、落ち付いている二人の「死」に関する話を再び察してみようとする。一団の影は現世である。その中には生死が厳然と共存するのである。
　「凡ての上に冠として美しい女性」である美禰子は冷淡に死を語る。その美禰子の最初の登場は池を前に、横に日の光を透しながらまぶしく三四郎の前に現われている。冷淡に死を語る人物としては『行人』のお直もあげられる。平生から落ちついた女ではじめから運命なら畏れないという宗教心を持って生まれた女であるお直は、「妾死ぬなら首を縊つたり咽喉を突いたり、そんな小刀細工をするのは嫌よ。大水に攫はれるとか、雷火に打たれるとか、猛烈で、一息な死に方がしたいんですもの」[41]と死を語っている。

40)『漱石全集』前掲書 第4巻 p. 122
41)『漱石全集』前掲書 第5巻 p. 512

　このような死についての大胆さは『草枕』の那美にも見られる。彼女は池をめぐりつつ「私が身を投げて浮いて居る所を─苦しんで浮いてる所ぢやないんです─やすやすと往生して浮いて居る所を─奇麗な画にかいて下さい」[42]と自分の死を語っている。

　いずれも死を超越した言い方である。死に対して不安を持っている三四郎に死への超越の境地を見せているのである。

　菊人形を見に行った場から出た二人を、広田先生と野々宮が探すだろうという三四郎の話に美禰子が「なに大丈夫よ。大きな迷子ですもの」「迷子だから探したでせう」と冷やかに口にした時、三四郎は美禰子にはとても叶はない様な気が何所かですることを感じる。同時に自分の腹を見抜かれたといふ自覚に伴ふ一種の屈辱をかすかに感じる。この場面で美禰子は始めて「迷子」という言葉を口にする。美禰子自分も「迷子」であるといっている。そして三四郎もやはり「迷子」であることを葉書で示す。しかし、「迷子」の意味さえ分からない三四郎と違って、美禰子は自分が「迷子」であることをすでに分かっており、三四郎にそれを教えている。「迷子」の英訳に当たる「迷へる羊」のstray sheepは一匹の迷える羊の意味を持っている。

　岡崎義惠はこれに対して、「「迷羊」につきまとう好意と愚弄との交錯する世界から、三四郎は十分に抜け出し得なかった。三四郎をして思い迷わしめるのが美禰子の本質、この女の本心をつかむことのできない迷路」[43]といっている。では、なぜ美禰子が三四郎をして思い

---

42)『漱石全集』前掲書 第2巻 p. 495
43) 岡崎義惠(1980)『漱石と則天去私』宝文館出版株式会社 p. 172

迷わしめるのか、の問題に対しては岡崎義惠は触れていない。これは実に重要な問題であり、『三四郎』を理解するために欠かせない問題である。それは前に触れたとおり、美禰子は、三四郎の「内面が太くなる」過程での導きの役をする存在であるからである。それが美禰子の本質である。それを助けているのが「仏教に縁のある相」の野々宮であり、偉大なる暗闇の傍観者の広田先生である。

　美禰子が三四郎に送った葉書に、二匹の「迷える羊」と共に惡魔の繪が描かれている。ここで「惡魔」が意味しているのは何であろうか。考えられるのは運命ではないだろうか。それは「迷える羊」をもっと迷わせる存在かも知れないし、反面、恐れて一刻でも早く「迷い」から抜け出すことを覚らせる存在かも知れない。つまり、三四郎が「自己の運命を改造」させ得るものとして作者は暗示していると考えることができる。

　菊人形の群れから抜け出す時、三四郎は美禰子の目から不可思議な霊の疲れを見る。二人はまた空を、白い雲を、高いところを眺める。霊の疲れがある美禰子と一緒に「安心して夢を見てゐる様な空模様だ」[44]と三四郎はいう。これに「動く様で、なかなか動きませんね」[45]と美禰子が応じる。三四郎は、また、このような空を見た感想を「かう云ふ空の下にゐると、心が重くなるが気は輕くなる」[46]といっている。何故心が重いのであろうか。三四郎の心の中には、明確でない「死」の問題、「運命」の問題が潜んでいるわけなのである。これを言う

前に美禰子は濁っている空を眺め、重い三四郎の心を感知している
ように「重い事、大理石のように見えます」[47]と言っている、一歩進ん
でいる美禰子の態度が注目される。

　そして「二人の頭の上に広がつてゐる、澄むとも濁るとも片づかな
い空」[48]として、空の模様の変化が表現されている。これと関連して
すぐ思い出すのは「非明非暗」である。仏教でいう「仏性」、「法身」など
の絶対境の表現としての「非明非暗」が空の模様として用いられてい
るのである。そして、霧の中から明瞭に女が三四郎の前に出る。[49]凡
ての上の冠としての女性、その絶対境の象徴としての女が三四郎の
前に明瞭に出てきたのである。これで三四郎の内面の成長は進んだ
のであり、美禰子に囚われた心も収めることになる。

　漱石はこのように絶対境としての道理を念頭にして導きとしての
美禰子を通して次第にそれに同化させ、三四郎の内面を成長させる
意図で作品全般に自分の禅の世界を表現しているのであろう。

4. おわりに

　漱石の作品のなかで女性をめぐる三角関係であると理解されて
いる作品を中心に考察した。それは恋愛の相手としての女よりは人
間、また人間の上に位置付けられているのである。それが『三四郎』の

---

47)『漱石全集』前掲書 第4巻 p. 135
48)『漱石全集』前掲書 第4巻 p. 135
49) 陳明順(1997)『漱石漢詩と禅の思想』勉誠社 p. 127

なかの「凡ての上の冠として美しい女性」であり、『一夜』の「涼しき眼の女」であり、『草枕』の「わけのわかつた女」である。そして漱石がどのような意図で作品の中に女の位置を設定しているか、その役割はどんなものであるかを作品に現れている女性の位置とそれに内在されている作家の思想にあわせてどういう関係を持っているかに注意したのである。『草枕』では解脱の境がある東洋の詩、超然と出世間的に利害損得の汗を流し去つた心持ちになれて煩悩を解脱し、清淨界に出入することを求める。漱石は人情を超越して観ずること、そこから俗界の人情を観ずること、非人情の観点から感じ取った人情であるものを画材として描き、その相手の女性である那美によって真の画を得る。那美の顔で足りなかった「憐れ」も観ずる。この「憐れ」を解し得たのは画工の悟りの成就であると思う。画工は「真の画」を成就する。つまり、那美はその導きとして画工に真の画を得るようにした役割を果たしたのである。

　また、『三四郎』において「燦として春の如く盪いている」世界、近づき難い世界にある「凡ての上の冠としての美しい女性」として美禰子がその座におかれている。美禰子は、三四郎の「内面が太くなる」過程での導きの役を果たす存在である。それが美禰子の本質である。それで三四郎の内面の成長は進んだのであり、美禰子に囚われた心も収めることになる。即ち、美禰子は三四郎を絶対境に導く化身として設定されていると考えることができる。

　漱石はこのように絶対境の道理を自分の作品に設定して女性たちを通して次第にそれに同化させ、絶対境の象徴としての女性を作品の中に位置づけて自分の禅の世界を表現していると思う。

参/考/文/獻

- 夏目漱石(1966)『漱石全集』岩波書店
- 平岡敏夫編(1991)『夏目漱石研究資料集成』日本図書センタ
- 岡崎義恵(1968)『漱石と則天去私』宝文館出版株式会社
- 森田草平(1968)『夏目漱石』筑摩書房
- 文芸読本(1975)『夏目漱石』河出書房新社
- 今西順吉(1988)『漱石文学の思想』第一部 筑摩書房
- 三好行雄編(1990)『別冊国文学・夏目漱石事典』学灯社
- 佐藤泰正(1986)『夏目漱石論』筑摩書房
- 瀬沼茂樹(1970)『夏目漱石』東京大学出版会
- 佐古純一郎(1990)『夏目漱石の文学』朝文社
- 松岡譲(1934)『漱石先生』「宗教的問答」岩波書店
- 村岡勇(1968)『漱石資料—文学論ノート』岩波書店
- 越智治雄(1971)『漱石私論』角川書店
- 陳明順(1997)『漱石漢詩と禅の思想』勉誠社

夏目漱石の作品に示されている「無心」

1. はじめに

　漱石は作品を書きながらも内面には悟りの境地に達する願望を抱いて晩年まで禅の修行をしながら絶えず「無心」の境を求めて精進し、自分の文などにそれを表現してきたと思われる。

　1916年（大正5年）『明暗』の執筆時、8月以後の漢詩で「無心」という禅語をはじめて用いている。が、「無心」を持って参究したことはその以前からたどることができる。「無心」を表す禅語の一つである「花紅柳緑」を持って悩み続けたことからも推量できる。1901年（明治34年）4月以降の「断片」には、「花ハ紅、柳ハ緑/ 花ノ紅、柳ノ緑ノ奥ニハ神アリ」と記されている。「花紅柳緑」は、漱石の蔵書中にもある『禅林句集』の四言の部に、「柳ハ緑リ花ハ紅イ」とあるが漱石自分の文では1894년（明治27年）3月9日の「閑却花紅柳緑春」の詩句に書いているし、小説『虞美人草』の第10章にも「禅家では柳は緑花は紅と云ふ。あ

るひは雀はちゆゆで烏はかああとも云ふ。」とある。「花紅柳緑」のように眼に映ずるものをなんらの境界にも引かれず、無心に観る禅の道理を表現した語は、山是山水是水、長是長短是短。天是天地是地。（山は是れ山、水は是れ水、長は是れ長、短は是れ短、天は是れ天、地は是れ地。）などである。それで漱石は「花紅柳緑」の禅語を自分の禅の修行の一つとしてつかまり、晩年になってその「無心」の禅理を究めることになったと思われる。

　1916年（大正5年）10月18日の漢詩に「花紅柳緑前縁尽（花紅柳緑前縁尽き）/鷺暗鴉明今意饒（鷺暗鴉明　今意饒かなり）と書いて森羅万象に対する執着から逃れ、分別心がなくなり、「今意」がゆたかで、前からもっていた見解から自由になって「無心」に物事を見ることができた見處を見せている。ついで1916年（大正5年）11月の初め、漱石山房における木曜会の宗教的問答で漱石は「柳は緑に花は紅でそれでいいぢゃないか。あるものをあるがままに見る。」といって当時の漱石自分の「無心」の道を表明することにいたり「今の僕なら、多分、あ、さうかといって、それを平静に眺める事が出来るだろうと思う」と語って実に「無心」に到達した心境を確実に表出している。

　このような「無心」について漱石は、晩年になってこそ自分の漢詩に取り入れてその見解を明らかにしているので、この論では漱石の「無心」の境について考察して見ようと思う。

2. 無心礼仏見霊台

　漱石の文のなかで「無心」の境がよく表現されているのは彼の漢詩であるのでここでは漢詩を主にして論じようと思うが、まず「無心」の意味を調べて見ることにする。『仏教辞典』では「〈心〉は心の働きで、その働きがないことを〈無心〉という。仏教では、妄念を断滅した真心を指していう[宗鏡録、金剛経、伝心法要下]。心は対象に具体的な相を認めて働き、その相にとらわれるが、そのようなとらわれ、迷いを脱した心の状態〈無心〉こそが真理(法)を観照できるとされる。禅宗では無心ということが重んじられている。漢語の無心については、心の働きのない意味で『荘子』『列子』などに用例が見えるが、陶淵明「帰去来辞」では、特に成心のない意味で用いた例が見える。「古徳の云わく、心外に魔障なし、無心なるは即ち降魔なりと云云」[夢中問答上]」[1]と説明しているし、『日本仏教語辞典』には「妄念·邪念をはなれていること」「仏は無心にして不可思議(思慮を超越したもの)を体(本体)となす」[2]「有心は生死の道、無心涅槃の城なり」[3]と記されている。このような意味通り仏経の中に書かれている「無心」に関しては『景徳伝灯録』第十五巻に、中国の徳山宣鑒禅師(782~865)の有名な禅句から見い出すことができる。

　　　汝但無事於心　無心於事　則虚而霊　寂而(汝、但だ無事にして

---

1) 中村元外(1989)『仏教辞典』岩波書店 p. 786
2) 岩本裕(1988)『日本仏教語辞典』平凡社 p. 697
3) 岩本裕『日本仏教語辞典』前掲書 p. 79

　心に於いて心無くんば、事に於いて、則ち虚にして霊、寂にして妙
ならん)[4]

　と、仏教の禅修行において重んじられている「無心」が説かれてい
る。この意味としては「事」に「無心」であれば、虚でありながら霊知で
あり、寂でありながら妙応するという意で、仏家即ち禅家で重視され
る「無心」の参究を教示している。
　このように「無心」というのは、心に分別妄想が全然起こらない状
態、それが無心であるから、仏家のすべての修行者、禅師が見性して
到達しようとする境地である。悟りの境地、つまり見性して得られる
この「無心」の境地を漱石は従前から禅書などから熟知していてその
意味はよくわかっていたばずであろうが、実際この「無心」という語
を晩年の1916年(大正5年)8月16日の漢詩の初頭に初めて取り入れて
いるのは看過することではないと思われる。ではなぜ死の年である
1916年(大正5年)になってこそ「無心」という単語を使うことになっ
たのであろうか。漱石にとって漢詩は人に見せるために書く小説と
は違って自分の内面を率直に表出するものとして多分自分自身に禅
修行に対する確信を持って、ある程度「無心」の境地を味わうことに
なってから使うべきであると思っていたのではないかと推測され
る。このように考えられるのは「無心」の語をはじめて用いている次
の漢詩から充分わかることができるからである。

4)『国訳一切経』(1959)『景徳伝灯録』第十五巻 史伝部十四 大東出版社　　p. 378

無　題

無心礼仏見霊台	無心に仏を礼して　霊臺を見る
山寺対僧詩趣催	山寺　僧に対すれば　詩趣催す
松柏百年回壁去	松柏　百年　壁を回りて去り
薜蘿一日上墻来	薜蘿　一日　墻に上りて来たる
道書誰点窓前燭	道書　誰か点ぜん窓前の燭
法偈難磨石面苔	法偈　磨し難し石面の苔
借問参禅寒衲子	借問す参禅の寒衲子
翠嵐何處着塵埃	翠嵐何處にか塵埃を着けん

　この詩の第一句の「無心礼仏見霊台」つまり、無心に仏を礼拝して霊台を見ると解釈されるこの句は実に詩を作っている当時の漱石の修行の状態が見える。この詩で書いている「霊台」の意味をまず調べてみると、松岡譲は「こころの事」[5]、中村広は「心」[6]と注釈しているし、佐古純一郎は「魂のあるところ、心」[7]と注釈している。が、この「こころ」に関して仏教では真心と妄心とがあるゆえただのこころというまえに漱石がこの詩で表している「霊台」の真意はなんであろうかを考えなければならない。つまり「無心」の状態で見する「霊台」であるといっているのでこの詩での「霊台」の意味としては真心、心の本体をいっていると思うことができる。この「霊台」について、佐古純一

5) 松岡譲(1966)『漱石の漢詩』朝日新聞社 p. 174
6) 中村広(1984)『漱石漢詩の世界』第一書房 p. 221
7) 佐古純一郎(1984)『漱石詩集全釈』二松学舎大学出版部 p. 173

郎は「わが心の本体が見えてくる。」[8)]と釈している。中村広も「わが心の本体が見えてくるようだ。」[9)]といって佐古純一郎と解釈を同じくしているが、飯田利行は無心に仏を礼拝すれば、「悟りが現成する」[10)]と解釈して真心、心の本体の見性を指している。

また「無心」に関しては、その通釈として佐古純一郎は「心を無にして」といっており、補説には「冒頭部分の「無心」に注目すべきである。漱石はこの詩で、「松柏」「薜蘿」「翠嵐」等に仮託して、東洋的な無為自然への理想を詠じたが、それは心を無にすることから演繹的に導き出されたものである。」[11)]と書いている。

このようなことからわかるのは心の本体を解ること、悟りをひらくことは「無心」の境地から得られることであるのがわかる。

また、この詩で、真心である「霊台」を見るという用語も始めて用いられている。これは漱石の見性に向かう精進がみられる重要な手がかりであると思われる。つまり、「無心」の状態で、禅の修行に尽力しなければ、悟道することができないことを確実に知得した禅趣として「無心」になったことを初めて表した詩句なのである。

仏教、禅で意味する「無心」は、真心の中に妄心が全然無いという意と、妄心は夢、幻、影のようで、その自性を見極めることができないので、結局は妄心その事態が無いという意の二種の意味がある。唐の六祖の弟子である司空山本浄禅師(667~761)の「若欲会道 無心是道

---

8) 佐古純一郎『漱石詩集全釈』前掲書 p. 174
9) 佐古純一郎『漱石詩集全釈』前掲書 p. 220
10) 飯田利行(1994)『漱石詩集』栢書房 p. 246
11) 飯田利行『漱石詩集』前掲書 p. 174

（若し道を会せんと欲せば、無心是道なりと。）」といったのが前者の
意味であり、『般若心経』でいう「無色無受想行識」の「無受想行識」は後
者の意味である。漱石の「無心」の意味はどちらであるかは言いにく
いが、詩の内容から見ると前者であろうと思われる。

　そして詩の第五句「道書誰点窟前燭」の「道書」は見性の道に志を
持って読む書として仏教の経典であり、「誰点窟前燭」は窟前の燭を
点ずるということで心に悟りの光明が開けることを意味している。
また第六句の「法偈難磨石面苔」、「法偈　磨し難し石面の苔」の法偈は
仏教の道理を詠じた偈であり、石面苔は前句の窟前燭に対応して心
の本体の「仏性」にまつわりついている俗念煩悩にたとえたもので、
道は道書や法偈という文字の上にはないという意味になる。そして
第八句の「翠嵐」の解説に「無心の翠嵐　翠の山気」[12]と書いているよ
うに煩悩妄想が紅爐の一点雪の如く一かけらもついていない「無心」
の境地を表わしている。したがってこの詩の全般の意味として仏教
の経典を読んでも、暗い洞窟の前にともしびを点ずることはできな
いし、その偈文といえども、石にはえた苔を落とすことは難しい、つ
まり、「悟りは理屈で開けるものではないこと、しからば、あの青々と
した樹木のどこにほこりの一かけらだってありますかと参禅中の雲
水にちょっとお尋ねしたい」[13]と佐古純一郎はこの詩の通釈をしてい
るし、「山寺の風光に託して、自然の清浄境の無我無心の尊さ、有難さ
を挙示している」[14]と松岡譲は解説していることからも解るように漱

---

12) 中村広(1984)『漱石漢詩の世界』第一書房 p. 221
13) 中村広『漱石漢詩の世界』前掲書 p. 174
14) 中村広『漱石漢詩の世界』前掲書 p. 173

石の「無心」の境地がよく表出されている句であるし、また「無心」の禅境を得て自信を持って堂々と見せ示した詩であると思う。

3. 道到無心天自合

「人間の道」と「天地の道」が不二であることが解かって「人道」が即ち「天道」である道理として、1916年(大正5年)9月3日の漢詩に「道到無心天自合」の詩句を書いている。「無心」の語が用いられている二首目のものである。

　　　無　題

独往孤来俗不齊　　　独往孤来　俗と齊しからず
山居悠久没東西　　　山居　悠久　東西没し
巖頭昼静桂花落　　　巖頭　昼静かにして桂花落ち
檻外月明澗鳥啼　　　檻外　月明らかにして澗鳥啼く
道到無心天自合　　　道は無心に到りて天自のずと合し
時如有意節将迷　　　時に如し意有らば節将に迷わんとす
空山寂寂人閑處　　　空山寂寂として人閑かなる處
幽草芊芊満古蹊　　　幽草古蹊に満つ

　　この詩の全解説として松岡譲は、「たったひとり、あらゆる山にかくれて、世間と交わりを立ってあとをくらましていると、真昼の情けさを増すかのように、岩の上から桂の花が落ち、夜ともなれば、月明

に鳥谷まで啼くといった風情。こういう無心になったとき、始めて
人の道は天の道に即した事になるものだが、しかし、たまたまたそこ
に我という奴が顔を出すと、折角の運行が狂ってそうも行かなくな
りそうな事もあろうというもの。」¹⁵⁾といっているが、これは「則天去
私」を念頭においた解釈かのように思われる。

　この詩で大事なのは第五句の「道到無心天自合」である。この句に
ついて「人の道も無心になればね天の道と一致するものであり、時間
も意志が働けば、季節の運行も迷い混乱してしまうだろう。」と通釈
した佐古純一郎は「「道到無心天自合」という句は、「道」と「天」との関
係を示す大事な表現であるが、両者の合一において「無心」という境
涯が要請せられている。」¹⁶⁾と、中村宏は「無心になれば天理天道と合
致する。」¹⁷⁾と解釈している。また、松岡譲は、「この句は、彼がまもな
く到達した「則天去私」の始めの頃の姿ではあるまいか、無心はつま
り無我であり無私だから、この句の意味するところは重大だ。」¹⁸⁾と
いい、佐古純一郎も「道到無心天自合」は「則天去私」への志向を示す句
である」¹⁹⁾といっている。吉川幸次郎、中村宏などもこのように漱石
が晩年に掲げた「則天去私」だけに注目して示している。論者もこれ
に同意するが、その前に「道到無心天自合」の意味を単に「則天去私」に
合致させるのは漱石の詩作意の理解に足りないと思って「無心」に注
意してもっと深く探求しなければならないと思う。

15) 松岡譲『漱石の漢詩』前掲書 p.195
16) 佐古純一郎『漱石詩集全釈』前掲書 p.199
17) 中村広『漱石漢詩の世界』前掲書 p.248
18) 松岡譲『漱石の漢詩』前掲書 p.195
19) 佐古純一郎『漱石詩集全釈』前掲書 p.199

　詩の冒頭から「独往孤来俗不齊」といって独り見性の禅道に向かって往来した漱石自信の道は見性の志を持っていない普通の世の人の道とは異っていることを提示して「山居悠久没東西」の第二句では没東西、つまり東も西もない時空の超越から差別観を捨てた無分別で無執着の境地で物事を無心に接することになったのを表わしているし、それに悠々と山居して昼間には桂花の落ちることを、夜には月下の鳥の鳴き声を聞くという、まさに「花紅柳緑前緣尽(花紅柳緑前緣尽き)/鷺暗鴉明今意饒(鷺暗鴉明　今意饒かなり)」の句のようにあるがままの境を何らの分別無しに無心に禅境を楽しむ道人のそれを示唆している。しかし、松岡譲はこの「没東西」を「東も西も方角さえわからなくなる」[20]といい、佐古純一郎は「今では東西の方向すらわからなくなってしまった」[21]といって漱石が詩で「無心」の境を表出しようとした意向とは少々違っているのではないかと思われる。それに継いで第五句で「道」が「無心」に到達すると「天」とおのずから合するという確然たる境地を闡明している。つまり仏道を悟ると「無心」と「天」が一如であること、即ち、相対の分別執着から超越の説法をしているのである。また、第六句は、天自合の時節が「無心」であるので、四季が次序を失わないといい、無心之道人の心境一如の境地を詠じている。第七句、第八句では、前の句「道倒無心天自合」に次いで、人間の「道」の修行が「無心」に達すると、虚空である「天」と合して「人」と「天」が不二、彼此が無い万法一如の絶対の見處を喝破している。

---

20)　松岡譲『漱石の漢詩』前掲書 p. 195
21)　佐古純一郎『漱石詩集全釈』前掲書 p. 199

　これと意趣を同じくしている漢詩で1916年(大正5年)9月9日の作
にも注意される。

　　　無　題

　　曾見人間今見天　　　曾つては人間を見　今は天を見る
　　醍醐上味色空邊　　　醍醐の上味　色空の辺
　　白蓮曉破詩僧夢　　　白蓮　曉に破る　詩僧の夢
　　翠柳長吹精舎縁　　　翠柳　長く吹く精舎の縁
　　道到虚明長語絶　　　道は虚明に到りて長語絶え
　　烟歸曖曃妙香伝　　　烟は曖に帰して妙香伝わる
　　入門還愛無他事　　　門に入りて還た愛す他事無きを
　　手折幽花供仏前　　　手ずから幽花を折りて仏前に供す

　「虚明」つまり「無心」の道を悟ることになったという志をもって
作っているこの詩は、前述の1916年(大正5年)9月3日の漢詩以後、
漱石の「無心」の修行境地が進んでいる感じがする内容である。第一
句の「曾見人間今見天」の句について吉川幸次郎は「やはり「則天去私」
の主張であろう」[22]と解説しているが、これは、むかしは俗の境界か
ら見たが今は超俗の境地から天を観ずることになったということで
人間の道と天の道が合一された見解、つまり、前述の詩の「道倒無心
天自合」の「天自合」を詳しく説明しているようである。第二句「醍醐
上味色空邊」の句について「醍醐は精製した酪乳で、ひいて仏性の妙

---

22) 吉川幸次郎(1992)『漱石詩注』岩波新書 p148

境をさす。色は有形のもの、相対界・差別相─法の作用─であり、空は
無形、平等─法の理ないし体─であろう。」[23]と中村宏は解説してい
る。即ち、漱石は自分自身が得た無心之境の悟りの境地の表現で、悟
りを得てみると色即是空、空即是色の道理を味わうことができたの
をいっている。

　そしてこの詩で注目すべきことは、第五句の「道到虚明長語絶」で
ある。ここで「虚明」とは1916年（大正5年）11月20日の漢詩に用いられ
ている「虚懐」と同じく「無心」の異名として仏教ではよく使われてい
る語である。1916年（大正5年）9月6日に作られた詩にも「虚明」の語で
始まっているのでひいてともに見てみよう。

　　　無　題

　　　虚明如道夜如霜　　　虚明 道の如く 夜 霜の如し
　　　迢遞証来天地蔵　　　迢遞 証し来たる天地の蔵
　　　月向空階多作意　　　月は空階に向かって多く意を作し
　　　風従蘭渚遠吹香　　　風は蘭渚従り遠く香を吹く
　　　幽灯一点高入夢　　　幽灯一点　高入の夢
　　　茅屋三間處士郷　　　茅屋三間　處士の郷
　　　彈罷素琴孤影白　　　素琴を彈じ罷えて孤影白く
　　　還令鶴唳半宵長　　　還た鶴唳を令て半宵に長からしむ

　このように1916年（大正5年）9月3日に「道到無心天自合」の詩を

23）吉川幸次郎『漱石詩注』前掲書 p.257

作ってから続けて9月6日、9月9日の詩に「虚明」の語を使っている
し、共に「道」の語を随伴しているのに注目される。この詩でも色界、
法界すべてが天地蔵にかくされている、つまり「虚明」は、万有の「道」
としての「無心」を指している。したがって、天地万物と時間空間が、
この「虚明」の「道」から出ているとその見解を示している。

　つまり「道到無心天自合」の「天自合」、「虚明如道夜如霜」と「沼遞証
来天地蔵」、「道到虚明長語絶」と「曾見人間今見天」のようにいずれも
天が示されていながら、道到無心、虚明如道、道到虚明の語が取り入
れている。

　ではまず、この「虚明」について調べてみることにする。佐古純一
郎はこれについて「虚心無我の境」[24)]と語釈しているし、中村宏は「虚
明の語は「心は空虚にして内照す、故に名づく」と注され、虚静無我
の心をいう。これは漱石の求める無我の境地と不可分のものであっ
た。」[25)]と解説していて両方共に無心の境地を示している。しかし、こ
れらと異なる解説で吉川幸次郎は「虚明は「明」であり、夜は「暗」であ
る。執筆中の小説『明暗』の主題と、関係するであろう。」[26)]といい、松
岡譲はただ「うすあかりの空」[27)]と語釈している。これは仏教語である
のを念頭に置いていない釈であろうと思われる。「虚明」の典拠とし
て中国禅宗の二祖慧可の弟子、中国伝灯第三祖僧璨大師の『信心銘』
から見つけられる。

---

24) 佐古純一郎『漱石詩集全釈』前掲書 p. 207
25) 中村広『漱石漢詩の世界』前掲書 p. 257
26) 吉川幸次郎『漱石詩注』前掲書 p. 148
27) 松岡譲『漱石の漢詩』前掲書 p. 202

　　虚明自照　不勞心力　非思量處　識情難

　　（虚明自照すれば、心力を勞せず。非思量の處は、識情をもつて測り
　難し）

　心の本体は、虚明で自ら照らすので、心力を使う必要がない。思量
できるところでもなく、識情では測るのが難しいという禅理である。

　また、『碧巖錄』第九十則の「智門般若体」には、

　　一片虚凝絶謂情。雪竇一句便頌得好。自然見得古人意。
　　六根湛然、是箇什麼。只這一片、虚明凝寂。
　　（一片虚凝にして謂情を絶す。雪竇一句に便ち頌し得て好し。自然に
　古人の意を見得す。六根たる、是れ箇の什麼ぞ。只だ這の一片、虚明に
　して凝寂なり）

となっている。これは【本則】の「僧問智門、如何是般若体。門云、蚌
含明月。僧云、如何是般若用。門云、兎子懷胎。（僧、智門に問う、如何
なるか是れ般若の体。門云く、蚌、明月を含む。僧云く、如何なるか是
れ般若の用。門云く、兎子懷胎。）に対する【頌】の「一片虚凝絶謂情」の
評唱である。つまり、「一片虚凝にして謂情を絶す」の一句の中に雪竇
は、この本則を見事に言いつくし、般若の体、般若の用をおさめて、
眼耳鼻舌身意の六根があるがままに、何もない「虚明凝寂」である消
息を説いているのである。

　般若の体とは、禅家では「心の本体」、「本来面目」、「法身」などの
語と同じく使われている。無形無色である故「虚明」の語で形容する
し、これを譬えるとき、非暗非明である「月」があげられている。【本

則】でも、般若の体の問いに「月」をあげているが、漱石の詩にも第三句で「月向空階多作意」と詠じて「月」を取り入れていることに注意される。即ち、虚明なる天地蔵である「体」は、霜のように冷たい秋夜の月、遠く香を吹く風、これらを含んでいる。森羅万象の法理として天地蔵の妙用の風光を吟じている。前にあげた【評唱】に次いで、

法眼円成実性頌云、理極忘情謂、如何得諭齊。

到頭霜夜月、任運落前溪

（法眼円成実性の頌に云く、理極まって情謂を忘ず、如何が諭齊することを得ん。到頭霜夜の月、任運前溪に落つ）

とある内容からは、漱石の詩の第一句の「虚明如道夜如霜」をたどることができよう。[28)]

　漱石は1916年（大正5年）8月16日の漢詩にはじめて「無心」の境を表現して禅修行の境地を示してから9月3日、6日、9日の漢詩にはもっとその境地を確固にして悟りの世界をみずから証している。

　無心の境地に到れば人天をはじめ森羅万象はすべての言語文字が必要なくなるという不立文字の禅の境地を表しているのである。そして9月6日の詩では世俗を超越した人の夢の幽灯を、9月9日の詩では心の花である幽花を仏の前に供養することを詠じている。無心の境地を得てみるとこんなこと以外には人間の事は無事であるという悠々の悟りの世界を示しているのである。

---

28)　陳明順(1997)『漱石漢詩と禅の思想』勉誠社 p.270

4. 蓋天蓋地是無心

　1916年（大正5年）11月20日夜に作られた詩として漱石の死の直前のもので最後の漢詩である。ここで大事なこととして漱石にとって最後の漢詩に「無心」が書かれているという事実である。

　　　無　題

真蹤寂寞杳難尋　　　真蹤（しんしょう）は寂寞（せきばく）として杳かに尋ね難し
欲抱虚懐歩古今　　　虚懐（きょかい）を抱いて古今に歩まんと欲す
碧水碧山何有我　　　碧水碧山（へきすいへきざん）　何んぞ我れ有らん
蓋天蓋地是無心　　　蓋天蓋地（かいてんかいち）　是れ無心
依稀暮色月離草　　　依稀（いき）たる暮色（ぼしょく）　月は草を離れ
錯落秋声風在林　　　錯落（さくらく）たる秋声　風は林に在り
眼耳双忘身亦失　　　眼耳（がんじ）双つながら忘れて身も亦た失い
空中独唱白雲吟　　　空中に独り唱（うた）う白雲の吟（ぎん）

　この詩は漱石が死の直前の作ったもので道の境地、禅の境地を示している最後の「無心」の詩である。第二句「欲抱虚懐歩古今」の「虚懐」について松岡譲は「心のむなしい事、即ち「我（が）」のない、無心の状態。」[29]と釈している。中村宏は「虚心とほぼ同じ。無碍無我の心地」[30]と語釈しているし、佐古純一郎は「私心を去り、是非善惡の分別を越

29）松岡譲『漱石の漢詩』前掲書 p. 268
30）中村広『漱石漢詩の世界』前掲書 p. 331

えた境地」といって「自分はなんとかして私心を去って真理を得よう
と東西古今の道を探ねて生きてきたことである。」[31]と通釈してい
る。つまり、「虚懐」は心に一念もない「無心」をいうもう一つの仏教禅
語の表現で、この詩句の意は無心である心を持って古今を歩むとい
うことである。

　この「虚懐」という語はこの詩だけでなくかつて漱石が英国留学に
出つ直前の1899年(明治32年)に作られた春の漢詩にも書かれてい
る。この時はすでに禅の修行の経験をして見性の境地に至ろうとし
た願望を持っていた漱石であったが、それとは違う環境に向かうべ
きの心境を表わした詩で「虚懐」の語を用いているので見てみよう。

　　　無　題

　　眼識東西字　　　　眼には識る東西の字
　　心抱古今憂　　　　心には抱く古今の憂い
　　廿年愧昏濁　　　　廿年　昏濁を愧じ
　　而立纔回頭　　　　而立　纔かに頭を回らす
　　静坐観復剝　　　　静坐して復剝を観
　　虚懐役剛柔　　　　虚懐　剛柔を役す
　　鳥入雲無迹　　　　鳥入りて雲に迹無く
　　魚行水自流　　　　魚行いて水自ずと流る
　　人間固無事　　　　人間　固と無事
　　白雲自悠悠　　　　白雲　自のずから悠悠

31) 佐古純一郎『漱石詩集全釈』前掲書 p. 270

　この詩は簡単にいえば、人間の事事について仏教の真理即ち、見性してみると、人生のすべての喜怒哀楽と生老病死の兩面から脱することができ、「虚懐」つまり「無心」の境地で自のずから悠悠となっている白雲のような超脱の境になれるという心境を示唆している。

　そして、ここで大事なことで、この詩の第二句の「心抱古今憂」と第六句の「虚懐役剛柔」は約二十年後の前の詩の第二句の「欲抱虚懐歩古今」と関連されているし、ほぼ同じ意趣であることがわかる。つまり第一句に「眼識東西字」と表現したように三十歳には分別観を持って東と西の字を眼にいれ識ったのが、五十歳になった漱石には「山居悠久没東西」となって東と西の分別観無しの時空の超越した境地を表出するようになり、また三十歳の時には人生にとって古今の深い憂いを心に抱いて静坐して陰陽禍福の道理を観じて「無心」に剛と柔が二つでない不二の道理で自由自在に使えることがわかったが、それから二十年経った今は虚懐を抱いて古今に歩まんと欲した結果、蓋天蓋地が無心であることを明らかに悟ったのである。

　参考で「虚懐役剛柔」の「虚懐」について中村宏は「私心のない自然な心。無心」と語釈して詩句に解釈に「我執のない心によって自在の境地を確立したいものである」[32]といっている。また、吉川幸治郎は「柔軟なこだわりのない心」[33]と、松岡讓は「心を空しゅうすること」[34]と解釈しているし、そして佐古純一郎は「心にわだかまりのないこと」[35]

32）　中村広『漱石漢詩の世界』前掲書 p.120
33）　吉川幸次郎『漱石詩注』前掲書 p.43
34）　松岡讓『漱石の漢詩』前掲書 p.91
35）　佐古純一郎『漱石詩集全釈』前掲書 p.97

などと語釈している。

　「無心」の異名としての「虚白」の語も漱石は詩に使っている。1916年(大正5年)9月17日の漢詩に、「独坐窈窕虚白裏(独り窈窕虚白の裏に坐すれば)」と、「じいっと坐を組んでひとり「私」を捨て去って法悦の境に入る頃」[36)]、「うつろで清潔な心理状態」[37)]と解されている「虚白」の語が表現している。この「虚白」やはり心中に妄想がなくなって無心状態になったことを指している。また、1916年(大正5年)9月18日の漢詩には「虚心」の語を入れて無心境を表現している。

　　無　題

　　釘餳焚時大道安　　　釘餳を焚く時　大道安し
　　天然景物自然観　　　天然の景物を自然に観る
　　佳人不識虚心竹　　　佳人は識らず虚心の竹
　　君子曷思空谷蘭　　　君子は曷んぞ思わん空谷の蘭
　　黄耐霜来籬菊乱　　　黄は霜に耐え来たりて籬菊乱れ
　　白従月得野梅寒　　　白は月従り得て野梅寒し
　　勿拈華妄作微笑　　　華を拈りて妄りに微笑を作す妄かれ
　　雨打風翻任独看　　　雨打ち風翻えし　独り看るに任す

　この詩の解説は『漱石漢詩と禅の思想』に書かれているのでここでは略して無心のことだけみよう。前述の詩とかわらず詩の第一句「釘

36)　松岡譲『漱石の漢詩』前掲書 p. 212
37)　吉川幸次郎『漱石詩注』前掲書 p. 159

餡焚時大道安」から「大道」を示唆して第三句に「佳人不識虚心竹」と
いって「虚心」を隨伴している。この「虚心」について吉川幸次郎は「竹
の幹の中空を、邪念の無さにひっかけての語と解される。」[38]といっ
ており、佐古純一郎は「竹の中の空なるさま。無心」[39]といっている。
すなわち、この詩も「道」と「無心」が共に書かれて漱石の修行道が示
されているのである。第一句の「釘餡焚時大道安」は余計な言語文字
などは思い切って焼き拂ってしまったところに大道があるという意
で、前述の詩でも述べたようにこういうのは漱石の漢詩によく用い
られ、死の前の詩の一首にも「大愚難到志難成(大愚 到り難く 志 成
り難し)/五十春秋瞬息程(五十の春秋 瞬息程)/観道無言只入静(道を
観るに 言無く 只だ 静に入り)/拈詩有句独求清(詩を拈じて 句有り
独り清を求む)」と、「大愚」即ち「無心道人」の「道」と「無言」を説いてい
る。いくらりっぱなことばでもすぐれた文字でも「大道」には一点も
要らないものでそれらすべてを焚き尽くしたとき「大道」が容易に開
く道理をいっている。そして無心の状態で天然景物を思量分別無し
にあるがまま観ずることができ、ついに第七句に、釈迦が迦葉に伝え
られた禅の公案「拈華微笑」[40]に対する答案でも出したように「勿拈華
妄作微笑」といって、無心になって大道を達した漱石自身の禅修行の

---

38) 吉川幸次郎『漱石詩注』前掲書 p.160

39) 佐古純一郎『漱石詩集全釈』前掲書 p.219

40) 山田無文(1985)『碧巌録全提唱』第一巻 禅文化研究所 p.105
　　釈迦が霊鷲山で大衆に説法したとき、華を拈じて默って目ばたきされたが、大衆
　　にその意味が通ぜず、摩訶迦葉だけが破顔微笑したという有名な佛家の話と関連
　　して解される。『碧巌録』第十五則の「雲門倒一説」の【評唱】に、昔日霊山会上、四衆
　　雲集。世尊拈花。唯迦葉独破顔微笑。(昔日霊山会上、四衆雲のごとく集まる。世尊
　　花を拈ず、唯だ迦葉独り破顔微笑す)とある。

相当な「無心之境」の境地を見せている。

　前の11月20日の漢詩の第四句の「蓋天蓋地是無心」は、「欲抱虚懐歩古今」とともに文字どおり天地万物が「無心」であることを説いているし、「碧水碧山」また「蓋天蓋地」の意趣と同じくして「何有我」を強調して「無心」を詠じている。第五句の「依稀暮色月離草」は、非明非暗である暮色の月光が、草を離れて草色がおぼろである非明非暗である「無心」の絶対境界を禅的表現として示して色界のすべてのものに執着しなく分別心のない境界の表現として「眼耳双忘身亦失」といい、その法悦を空中の白雲に向かって独り唱うのである。実に漱石の「無心」の道が表されている最後の詩であると思う。

5. おわりに

　以上のように、漱石は1916年(大正5年)8月16日の漢詩にはじめて「無心」の境を表現して禅修行の境地を示してから9月3日、6日、9日の漢詩にはもっとその境地を確固にして悟りの世界をみずから証している。

　「無心」の境地に到れば人天をはじめ森羅万象にはすべての言語文字が必要なくなるという不立文字の禅の境地、そして世俗を超越した無心の境地を得てみると人間の事は無事であるという悠々の悟りの世界を示しているのである。漢詩に用いれている「道到無心天自合」「無心礼仏見霊台」「道到虚明長語絶」「虚明如道夜如霜」「虚懐」「虚心」「虚白」のように、いずれも「道」とともに「無心」が説かれているこ

とからわかるように、晩年になってこそ「無心」の禅語を漢詩に用い
ることができた漱石はこれらの漢詩に自分の悟道を明確に表出し
ているのである。漱石は小説『草枕』にも示しているとおり、「余が欲
する詩はそんな世間的の人情を鼓舞する様なものではない。俗念を
放棄して、しばらくでも塵界を離れた心持ちになれる詩である。」と
いう詩観の態度で「無心」の境地をある程度得ていた晩年の漱石は、
毎日漢詩に自分の禅の世界を広げたと思われる。そして「無心」の境
に至り自分の禅定を漢詩にこめたのであろう。晩年の漱石はこの「無
心」を取り入れて残している詩は実に修行をして世俗の妄想を休ま
せ、真如法界の境地から心身を放下して「無心之道」を求めた漱石の
禅境を表しているともいえるのであろう。

　漱石はこういう境地を懇望して長年修行しつづけたのであろう
し、その長年の禅修行の経路を表して分別心をなくし煩悩妄想を超
越して「無心」の境に入ることのできるような道をめざして禅の修行
精進の結実を得たのではないか、そしてその境地を自分の文章に死
の直前の漢詩へまで「無心」を表出していると思う。

参/考/文/獻

- 夏目漱石(1966)『漱石全集』岩波書店
- 夏目漱石(1994)『漱石全集』岩波書店
- 『講座·夏目漱石』(1982) 有斐閣
- 『日本文学研究資料叢書·夏目漱石』(1982)有精堂
- 『大正新脩大蔵経』(1928) 大正新脩大蔵経刊行会
- 『国訳一切経』(1959)『景徳伝灯録』第十五巻 大東出版社
- 山田無文(1989)『碧巌録全提唱』全十巻 禅文化研究所
- 文芸読本(1975)『夏目漱石』河出書房新社
- 佐藤泰正(1986)『夏目漱石論』筑摩書房
- 佐古純一郎(1990)『夏目漱石の文学』朝文社
- 飯田利行(1986)『漱石·天の掟物語』国書刊行会
- 駒尺喜美(1970)『漱石 その自己本位と連帯と』八木書店
- 佐古純一郎(1990)『漱石論究』朝文社
- 佐古純一郎(1978)『夏目漱石論』審美社
- 松岡譲(1934)『漱石先生』「宗教的問答」岩波書店
- 吉川幸次郎(1967)『漱石詩注』岩波新書
- 和田利男(1974)『漱石の詩と俳句』めるくまーる社
- 和田利男(1976)『子規と漱石』めるくまーる社
- 佐古純一郎(1983)『漱石詩集全釈』二松学舎大学出版部
- 松岡譲(1966)『漱石の漢詩』朝日新聞社
- 齋藤順二(1984)『夏目漱石漢詩考』教育出版センター
- 飯田利行(1994)『漱石詩集』柏書房

- 中村宏(1983)『漱石漢詩の世界』第一書房
- 渡部昇一(1974)『漱石と漢詩』英潮社
- 入矢仙介(1989)『近代文学としての明治漢詩』研文出版
- 金岡秀友・柳川啓一監修(1989)『仏教文化事典』佼成出版社
- 岩本裕(1988)『日本仏教語辞典』平凡社
- 中村元外編(1989)『仏教辞典』岩波書店
- 『大正新脩大蔵経』(1929) 大正新脩大蔵経刊行会

漱石文学における美人の画

1. はじめに

　漱石は知られている通り画に対する関心が深かったのは無論、漱石が直接描いた画も多数残されて現在まで大事に保存されている。では、漱石は何時から画に関心を持って何時から画きはじめたのであるか。正確には言えないのであろうが、多分十代漢学塾の時から漢学の学習とともに書道、画にも関心を持ちはじめたのではないかと推測される。が、漱石が実際画をかきだしたことについては、小説『わが輩は猫である』の執筆の直前である「明治三十六年秋ごろからで、以後三十八年二月ごろまではまず水彩画に熱中し、十枚余りの習作を残すほかに、親しい門弟知友にあててこの時期にかいた自作絵はがきも多数現存している。」[1]といって本格的に小説を書く前からで

---

1) 三好行雄編(1990)別冊国文学『夏目漱石事典』学灯社 p. 116

あると記されている。そして、1905年(明治38年)以後しばらくの空白
をおいて1907年(明治40年)から画家津田青楓に師事して日本画(東
洋画)の手ほどきも受けたといっている。

　漱石が西洋の画より東洋の画にもっと関心が深かったのも彼の残
した文章から容易に見い出すことができる。西洋の詩と東洋の詩を
比べて東洋の詩には解脱とともに「超然と出世間的に利害損得の汗
を流し去つた心持ちになれる」[2]といっていることからも東洋のもの
に傾倒していたのが解される。画に関しても同様で、漱石は大正時代
に入っては「達磨図」をはじめ、墨画に漢詩をとりあわせたものなど
数多く残している。この時期を和田利男は、第一期—洋行以前、第二
期—修善寺大患時代まで、第三期—南画趣味時代、第四期—『明暗』時
代、と四区分して「南画趣味時代」といい[3]、佐古純一郎は、第一期—初
期習作時代、第二期—松山、熊本時代、第三期—大患直後時代、第四
期—画賛時代、第五期—『明暗』時代の五期に分けて「画賛時代」といっ
いる[4]。このように漱石の生涯にとって画は重要な一部分として占め
されているのである。漱石の画に対する深い関心を見い出すには彼
の小説をはじめ、諸作品の文章所々に書かれていることからも十分
わかると思う。そして、その画の素材もいろいろであるが、特に、漱
石が作品の中に比重を置いているのは美人の画である。漱石が小説
で美人を画で表現しようとする内容を取り入れている意図はなんで
あろうか、その真意はなんであろうかについて本論では美人の画を

---

2)『草枕』『漱石全集』(1996) 第2巻　p. 234
3) 和田利男(1974)『漱石の詩と俳句』めるくまーる社 p. 7
4) 佐古純一郎(1983)『漱石詩集全釈』二松学舎大学出版部 p. 13

中心にして考察しようとする。

2. 画けども成らず画の本質

　漱石は1916年(大正5年)の「日記及断片」に画の本質について、「自由、安穏、平和を求める、―繪画は一番それに近い。然ラバ画の本質とは何ぞやと云われると困る。つまり生活に飽いたものが田舎へ引き込むのと同じで、自然、と人間(傍観的態度で見る。無関心で賞翫する。)を愛するといふ気分が取も直さず画を愛する気分ぢゃないだらうか。」[5]と書いている。このような画の本質を求めて漱石は自然をともにする超俗の旅をしたりしてその感懐を小説『草枕』などに表現している。

　漱石が自分の小説に画をかくのを表現しているのは、1905年(明治38年)から書きはじめた『吾輩は猫である』からである。それの第一回に、苦沙弥先生が「水彩繪具と毛筆とワツトマンといふ紙」[6]を買ってきて画をかくことに熱中する内容からうかがわれる。

　画を描くことが愉快であること、好んでいたことについては、1912年(大正元年)11月18日付けの津田青楓宛の書簡に、「私は昨日三越へ行つて画を見て来ました。色々面白いのがあります。画もあれほど小さくなると自身でもかいて見る気になります。(中略)今日縁側で水

5)『漱石全集』前掲書 第13巻 p. 817
6)『吾輩は猫である』『漱石全集』前掲書 第1巻 p. 9

仙と小さな菊を丁寧にかきました。私は出来榮の如何より画いた事
が愉快です。」[7]という文によく表れている。そして、1912年（大正元
年）11月の「水仙の賛に曰く」と日記に書き込んである「題自畫」と題し
て書いた漢詩「独坐聴啼鳥（独坐啼鳥を聴き）/　関門謝世嘩（門を閉ざ
して世嘩を謝す）/　南窓無一事（南窓一事無く）/　閑寫水仙花（閑に寫
す水仙の花）」とともに山水の画と水仙豆菊の画二枚を作ってからの
感想も記している。では、漱石にとって画はどんなものであるか。ど
ういう心持で画を描いたのか。その意図はなんであろうか、等を考え
なければならないのであろう。和田利男は『漱石の詩と俳句』で漱石
が画において色彩を大事にすることを引用して次のようにあげてい
る。

　　　元来漱石は、生理的にも心理的にも、暖かいものを愛した。色彩で
　　も、漱石の好きなのは、暖かい色彩である。あの画は良いが、色が寒い
　　から嫌いだと、漱石はよく言つていた。[8]

　これをみると、画の色を大事にしているとともに暖かいものを愛
していた漱石であることがわかる。つまり、ここでいう暖かいもの
の一種として思い出されるのが女性すなわち美人であるし、それを
暖かい色彩で表現できるのが画であることに注目すると、漱石が美
人の画をめぐって作品所々に書いているのも理解されるのはもちろ
ん、それも心から感じ得るものであろうと解される。こういう理解に

7)『漱石全集』第15巻　前掲書 p. 206
8) 和田利男『漱石の詩と俳句』前掲書 p. 165

加えるもう一つの文章を小説『ぼっちゃん』から見い出すことができる。

　　おれは美人の形容などができる男でないから何に云へないが全く
　　美人に相違ない。何だか水晶の玉を香水で暖めて、掌へ握つて見た様
　　な心持がした。[9]

　漱石はこのように暖かく感じられる美人を心から描きたかったのであろう。そして、かつて学んだ十代の漢学時代から目にした画に関する修業を忘れず長い間念願して、三十代後半になってその縁にめぐまれ画の修業を受け、四十代になっては自分なりの心の世界の表現を広げたのではないかと推測される。この時期、つまり、1910年からは十年の空白を破って再び漢詩にもどり、漱石の内面の表現として漢詩作に熱中している時期であるゆえ、漢詩とあわせて山水の墨画をはじめ東洋の画に筆を働かしたのであるに違いないと思われる。
　そして、漱石は九死一生の修善寺大患以降、余生においてなにより重要であると考えたのか、以前より一層禅道に対する積極的な態度を文を通じて見せている。それは自分の意志で調節できない生老病死に苦しめられる肉体に執着するのでない、禅道による不生不滅の真の心を悟ることである。この「心」に関してはすでに『禅門法語集』に書き込んだ「心は不死不生なり」と書いているように、世の中のすべ

9)『ぼっちゃん』『漱石全集』前掲書 第2巻 p. 321

てに生死が有るが、心にはその生死が無いという道理を実感し、仏教の道理である「体」と「用」について、「七情ノ去来ハ去来ニ任セテ顧ミザルナリ。心ノ本体ニ関係ナキ故ニ可モ不可モナキナリ。心ノ用ハ現象世界ニヨツテアラハル。其アラハレ方ガ電光モ石化モ及バヌ程ニ早キナリ。心ノ体ト用トノ移リ際ノ働ヲ機ト云フナリ。「オイ」ト呼バレテ「ハイ」ト返事ヲスル間ニ体ト用ガ現前スルナリ。」と書き込んでいる。心の用は現象世界によって現れるので、「オイ」と呼ばれて「ハイ」と返事する道理に並んで「体」を現前させる「用」としての「画」に託して漱石はその返事をしようとしたのであろう。画の本質に立脚した、つまり分別妄想がなくなった自由で、安穏で、平和な画を描きたい、いや、描かなければならないと平常願っていたと思う。そのような画とは雨が晴れた天の一碧であり、明明白地の風のようなものであろう。1912年(明治45年)6月に作られた漢詩にこのようなことを書いている。

　　無　題

　　雨晴天一碧　　　雨晴れて天一碧
　　水暖柳西東　　　水暖かにして柳西東
　　愛見衡門下　　　見るを愛す衡門の下
　　明明白地風　　　明明白地の風を

　煩悩と分別妄想が消えると、清らかである真心が現われるという意で「体」としての「明明白地」を、「用」としての「風」を取り入れてそれ

を比している。しかし、無色無声無香無味の目に見えない「風」を描く
のは用意ではないこと。その道の境地に触れなければ不可能のこと
である。前詩と同年六月の漢詩にはこれに関して「風」を「春風」にして
また表している。

　　無　題

芳菲看漸饒　　芳菲(ほうび)　漸く饒(ゆた)かなるを看る
韶景蕩詩情　　韶景　詩情を蕩がす
却愧丹青技　　却って愧ず丹青の技
春風描不成　　春風　描けども成らず

　前の漢詩の句「明明白地風」と、この詩の句「春風描不成」とは、まさ
に無形無相の心の表現であることで、その意趣を同じくしている禅
語である。
　松岡讓はこれに関して、「春景を繪画的に詠じ又繪にしやうとして
ゐた前詩迄の趣とがらりと変わり、こゝではつひに繪にはかけない
と匙を投げて、春色の中に陶酔するところを詠じてゐる。」[10]と解説
しているが、漱石は決して匙を投げたのではなく春風を描こうと工
夫したのであろう。目には見えない「春風」である故、描くことがで
きない。心の実体もそのようで「春風」に比喩していることと解され
る。

___

10) 松岡讓(1966)『漱石の漢詩』朝日新聞社 p.84

　このように無形無色である「法身」をイメージして画に醸し出して表現してみようとする漱石であるが、それがなかなかできない。つまり、描けども成らずの仏道でいう絶対世界の「体」としての「法身」を、相対世界の「用」の道理の表出一つとしての「春風」を「画」にしようとしたと思う。

　この「描不成」の意を理解するためにその典拠を調べると、禅語の公案集の一つである『無門関』[11]の「不思善悪」の公案に附した無門の頌から見出すことができる。

　　　描不成分画不就　　描けども成らず、画けども成らず

　　　賛不及分休生受　　賛するも及ばず、生受することを休めよ

　　　本来面目没処蔵　　本来の面目蔵すに処なし

　　　世界壊時渠不朽　　世界壊する時 渠れ朽ちず[12]

　「描不成」の主体が「本来面目」つまり「法身」で、無形のものであるので、蔵す処さえないのである。漱石はかつて覚えた禅の公案を自分の文に取り入れて春風という異名でその見解を示している。

　漱石はとうとう描けどもならずの「春風」が草堂つまり家の中にまで入ることになったのにその嬉しさを表わして漢詩に書いている。これは家のなかに入った春風の感得とともに絶対の境地である「法

---

11)『大正新脩大蔵経』(1973) 第48巻『無門関』再刊　大正新脩大蔵経刊行会　p. 298無門慧開の著『無門関』の中の第二十三則、達磨大師五祖から六祖への伝法をめぐる「不思善悪」の公案に附した無門の頌に見えるものである。

12)『国訳一切経』(1959) 諸宗部　大東出版社　p. 270

身」、「体」に接することになったのを意味しているともいえるのである。

　1913年(大正3年)に作った「漱石遺墨集」の「閑居偶成似臨風詞兄」という題の漢詩である。

　　無　題

　　野水辭花塢　　　野水　花塢を辭し
　　春風入草堂　　　春風　草堂に入る
　　徂徠何澹淡　　　徂徠　何んぞ澹淡たる
　　無我是仙郷　　　無我　是れ仙郷

　漱石は描けどもならずの本来面目、法身を春風に託して画で表現しようと工夫して、1912年(明治45年)6月に作られた漢詩には「春風描不成」であることと嘆じて表現しているが、この詩からは「春風」が「草堂」にまで入ったのを感じ得て「無我是仙郷」とその喜びを表している。「春風」自体は何らの分別もないのに人間の愚かさのため、往来するのを気づけなかったのである。執着も無くして我執も持たず何気なく往来する春風に接してみると、この境こそ無我の仙郷である、と解することになったのである。画の本質としての自由と安穏と平和を味わったのであろう。

　漱石がこの時期、この感情で自然のなかで日常的な我を離れて無我の仙郷に身を任せていることを1913年(大正3年)3月29日付津田青楓宛の書簡に「天と地と草と木が美しく見えてきます、ことに此頃は

春の光は甚だ好いのです。私は夫をたよりに生きてゐます。」と書いている。

　天地草木と春の光を美しく感じて好むという、利害損得を超越し、私欲が無い純粋で安穏である心境を率直に述べていると思う。

3. 真の画の條件

　真の画工になって真の画をかくには周りのすべての物から自由になってその物物に着してはいけないことを漱石は述べている。小説『草枕』には「楽は物に着するより起るが故に、あらゆる苦しみを含む。但詩人と画客なるものあつて、飽くまで此待対世界の精華を嚼んで徹骨撤髄の清きを知る。霞を餐し、露を嚥み、紫を品し、紅を評して、死に至つて悔いぬ。彼等の楽は物に着するのではない。」といい、画工が取るべきの態度を親切に列挙している。そして、また、「同化して其物になるのである。其物になり済ました時に、我を樹立すべき余地は茫々たる大地を極めても見出し得ぬ。自在に泥団を放下して、破笠裏に無限の青嵐を盛る。」[13]と、着より同化を強調して仏教の修行の一つである放下着をいっている。

　一切の執着、またその原因となるすべての物事を捨てて、解脱の境を求める放下着、そこには我を樹立する必要がない。つまり、無我の境から自由自在の世界を表出する画であることを強調している。

---

13)『草枕』『漱石全集』前掲書 第2巻 p. 453

そういう世界が『草枕』の非人情の世界である。それは、「心を沢風の裏に撩乱せしむる事もあらうが、何とも知れぬ四辺の風光にわが心を奪はれて、わが心を奪へるは那物ぞとも明瞭に意識せぬ場合」[14]がないようにして、真の画を完成しなければならない。執着を離れて物に同化する態度で、我執を捨てる世俗の超越は「物我一如」の境である。

　このような道理を漱石は、同じ時期に書かれた小説『野分』で、「主客は一である。主を離れて客なく、客を離れて主はない。吾々が主客の別を立てて物我の境を判然と分割するのは生存上の便宜である。形を離れて色なく、色を離れて形なきを強ひて個別するの便宜、着想を離れて技巧なく技巧を離れて着想なきを暫く両体となすの便宜と同様である。」[15]と述べている。この色相世界で、主と客は離れているようであるが、その本体は一つである体と用の道理で、用を離れて体を感得することができなく、体を離れて用がないのである。これに関しては、漱石が鎌倉の円覚寺で参禅に臨じていた時に与えられた公案、「父母未生以前本来の面目」に対して、老師釈宗演に答えた「物ヲ離レテ心ナク心ヲ離レテ物ナシ他ニ云フベキコトアルヲ見ズ」といった内容からも同じ見解をみせている。

　執着から完全な放下による無我の境地、画工はこの心境で心の自由から生まれる余裕を示し、「放心と無邪気とは余裕を示す。余裕は画に於て、詩に於て、もしくは文章に於て、必須の條件である。」[16]と

---

14)『草枕』『漱石全集』前掲書　第2巻 p. 488
15)『野分』『漱石全集』前掲書　第2巻 p. 797
16)『草枕』『漱石全集』前掲書　第2巻 p470

真の画の必須條件をいっている。

　画工は、この余裕を知らない近代の芸術は真の芸術でないといって真の画工になることを目指して、真の画を如何なる境界でも、執着が消え去った放下の境地から自由に描き出すことを決心する。

　自己の主観的な意識に着しないで、放心で観じて真の画をかくことを語りたかったのであろう。『草枕』で、

　　始めて、真の芸術家なるべき態度に吾身を置き得るのである。一たび此境界に入れば美の天下はわが有に帰する。尺素を染めず、寸を塗らざるも、われは第一流の大画工である。…余は此温泉場へ来てから、まだ一枚の画もか　ない。繪の具箱は醉興に、担いできたかの感さへある。人はあれでも画家かと嗤ふかもしれぬ。いくら嗤はれても、今の余は真の画家である。立派な画家である。かう云ふ境を得たものが、名画を書くとは限らん。然し名画をかき得る人は必ず此境を知らねばならん。[17]

と、放下着の境地、悟り境地から感じ得た「体」の分で「用」を認識してこそ、画工が求める真の画が得られると示唆している。

　漱石は、このような放下着の態度で随縁放曠の境を逍遙しているのを描寫して「空しき家を、空しく拔ける春風の、拔けて行くは迎へる人への義理でもない。拒むものへの面当でもない。自から来りて、自から去る、公平なる宇宙の意である。掌に顎を支へたる余の心も、わが住む部屋の如く空しければ、春風は招かぬに、遠慮もなく行き拔

17)『草枕』『漱石全集』前掲書 第2卷 p. 521

けるであらう。」[18]といって、仏教の「空」の道理を説いている。何らの拘わりなしの空である真心の境地を挙げている。ここで春風の意は前述の漢詩の意と同じくしている。真の画を得るために、必須の條件になる放心と無邪気からの余裕で、この余裕は画に着することもなく、世情に引かれて起こされる分別と煩悩にも悩むことなく観心の境界から生じる。また、この余裕には利害損得もない無分別の完全なる自由と平穏がある。そのような画工の心地が「余は明かに何事をも考へて居らぬ。又は遙かに何物をも見て居らぬ。我が意識の舞台に著るしき色彩を以て動くものが無いから、われは如何なる事物に同化したとも云へぬ。去れども動いて居る。世の中に動いても居らぬ、世の外にも動いて居らぬ。只何となく動いて居る。」のであると書かれている。

　世の中の全てのものを「体」から観ると動きが無いが「用」の道理から観ずると動いている。あらゆる色物、声を打って、固めて、仙丹に練り上げて、その精気が知らぬ間に手孔から染み込んで心が知覚しないうちに飽和されてしまう時、それが真の画になるのである。普通の同化には刺激があって愉快であろうが、心の実体からの同化には刺激がない真の楽がある。

　『草枕』には禅僧の和尚について「彼の心は底のない嚢の様に行き抜けである。何にも停滞して居らん随所に動き去り、任意に作し去つて些の塵の腹部に沈澱する景色がない。もし彼の脳裏に一点の趣味を貼し得たならば、彼は之く所に同化して、行屎走尿の際にも、完全た

---

18)『草枕』『漱石全集』前掲書 第2巻 p. 453

る芸術家として存在し得るだらう。」と描寫されている。このなかの一点の趣味は「非人情」の世界からの「憐れ」である。つまり、法身による色身の描出ができれば完全な芸術が成立する。目に見えない無形の「体」から目にすることができる「一点の趣味」の「用」として、那美さんの顔から出される「憐れ」である。

岡崎義惠はこれについて「『草枕』が禅的な非人情を中心としてゐることは否み難いけれども、その底に『憐れ』といふ哀の潜むべきことが要請されてゐることも疑ひ得ないやうに思ふ。」[19]と記している通り、画工は「憐れ」が表れたときの那美さんの顔を画材にして画を成就するのである。

自分の心を刹那に捕らえて放心の境で画で表現するのが真の画工の目的であるが、この心を悟るのは自分の内面的な問題である。決して外部から得るのではない。これも画工は認識して「わが感じは外から来たのではない …あるものは只心持ちである。此心持ちを、どうあらわしたら画になるだらう―否此心持ちを如何なる具体を藉りて、人の合点する様に髣髴せしめ得るかゞ問題である。」といい、また、画工が描こうとするのは普通の画でないといって、「普通の画には感じはなくても物さへあれば出来る。第二の画は物と感じと両立すれば出来る。第三に至っては存するものは只心持ち丈であるから、画にするには是非共此心持ちに恰好なる対象を選ばなければならん。」とはっきりしている。最後には「心の画」を描かなければならない、それが真の画であることを漱石は示唆している。

---

19) 岡崎義惠(1968)『漱石と則天去私』宝文館出版株式会社 p. 103

4.「美人の画」の工夫

　漱石が絶対境の表現として美人をあげているわけはなんであろうか。まず美人に対する漱石の心持について「或人ハ告白ガイイト云フ，或人ハ告白ガ惡イトイフ。告白ガイイノデモ惡イノデモ何デモナイ，人格ノアルモノが告白ヲスレバ告白ガヨクナリ，シナケレバシナイ方ガヨクナルノデアル。美人ガ笑ヘバ笑フ方ガヨク泣ケバ泣ク方ガヨクナル様ナモノデアル。惡女ハ何方シテモイケナイノデアル。」[20]といって非常にいいイメージで書き込んでいることから最上のものの比喩表現として美人が取入れられたのが少々理解される。漱石は人生にとって絶対境地に達しなければならないといったことから思うと美人が絶対境に比されたのもまた理解すべきであろう。

　小説『行人』には「絶対といふのは、哲学者の頭から割り出された空しい紙の上の數字ではなかつたのです。自分で其境地に入つて親しく経験することのできると判切した心理的のものだつたのです。兄さんは純粋に心の落ち付きを得た人は、求めないでも自然に此境地に入れるべきだ」と書かれている。絶対の境地に入らなければ真の画は得られないことで「一たび此境界に入れば美の天下はわが有に帰する。名画をかき得る人は必ず此境を知らねばならん。」のことである。漱石はこれを強調しているが、絶対の境地の画は本人が直接体得するしか外に方法がない。これにつれて本人が直接感じなければ真の美人を描くことができないことを短編小説『一夜』にも、「描けど

---

20)『漱石全集』前掲書 第13卷 p. 786

も成らず、描けども成らず」[21]、「兼ねて覚えたる禅語にて即興なれば間に合はす」積りかと丸顔の男が胡座をかいていっている。これには「春風 描けども成らず」の句とその意趣が書かれている。そして、描けども成らずの画を禅から得ようとする。

　1905年(明治38年)9月に発表された『一夜』は、同年9月7日『読賣新聞』の「芸苑時評」で「一読して何の事か分らず」と批評されているし、漱石自身も『吾輩は猫である』のなかで、「送籍といふ男が一夜という短篇をかきましたが誰が読んでも朦朧として取り留めがつかない」と書き示している。このような批評と自評が出された理由のひとつとして考えられるのは、朦朧として取り留めがつかないうちに美人と画との関係が書かれてもっと不思議に読者を作品の終りまで引いていくからではないかと思う。作品の末尾で「人生を書いたので小説をかいたのでないから仕方がない」と宣言しているように『一夜』は小説ではない。漱石の内面の禅修行度を書き上げたものであると思う。髯ある人、髯のない丸顔の人、涼しき眼の女三人が一夜を過ごしながら語っている共通の話題である「画」と「美人」が意味しているのは何か。前述でこの「描けども成らず」の典據の主体が「本来面目」つまり、「法身」であることを調べた通り、何を描こうとするのかに関してはその正体を把握することができたが、『一夜』で涼しき眼の女に「見た事も聞いた事もないに、是だなと認識するのが不思議だ」、「わしは歌麻呂のかいた美人を認識したが、なんと畫を活かす工夫はなかろか」と髯ある人が語り、「私には—認識した御本人でなくては」と涼し

---

21)『一夜』『漱石全集』前掲書 第2巻 p. 127

き眼の女が答える。ここで鬚のある男は、「美人の画」を自分のもの
として活かそうとしている。「美人」をかくには画を描く本人が真の
心からその真髄を感得して真の姿を表現しなければならないのであ
る。特に仏道で法身の実体を悟るのには本人が体得しなくてはいけ
ない。知識的には絶対境地、「法身」を体得することができないのであ
る。そのような禅境から自由に活かせる美人の画をかきたいのであ
る。そして、この「描けども成らず」の絶対境地をめぐって涼しき眼の
女は、「画家ならば繪にもしましよ。女ならば絹を桛に張って縫ひに
とりましよ。」といって、実に仏教の「用」の道理を説いているようで
ある。画幅だけの美人でなく、画を活かす実際の方法の工夫である。
また、女は鬚ある人に「せめて夢にでも美しき国へ行かねば」という
が、「美しき国」へ行けば「美しい人」に会えるというのか。それは「描
けども成らず」の世界、即ち、絶対の境地で「法身」に接することであ
ろう。『一夜』の三人は真の美人の画を活かす道を追求する。涼しき眼
の女の「画から女が抜け出るより、あなたが画になる方がやさしう御
座んしよ」に、「それは気がつかなんだ、今度からは、こちが画になり
ましよ」という鬚ある人は、やっと画を自由に活かす方法を教わるこ
とになる。「あすこに画がある」、「ここにも画が出来る」と鬚ある人が
いい、涼しき眼の女も「私も画になりましようか」と、主と客、相対と
絶対の分別がない、無差別観を言い表す。固執から脱した自由で安穏
な画である。
　漱石は『一夜』についで発表した『草枕』には画工を主人公に設定し
て本格的に真の画を追求している。そして、真の「美人の画」を得よう
とした俗界を離れた非人情の旅をする画工を描写している。

　『草枕』には、その「道」を求め、「私利私慾の羈絆を掃蕩」する点に於て、「煩悩を解脱」し、「人の世を長閑にし、人の心を豊かにする」[22]境地をそこに定着しようとする。このような境地を、漱石は「非人情の天地」として表現し、そこから真の画を得ようとする。

　漱石が「談話」、「余が『草枕』」で、「私の『草枕』は、この世間普通にいふ小説とは全く反対の意味で書いたのである。唯一種の感じ—美しい感じが読者の頭に残りさへすればよい。それ以外に何も特別な目的があるのではない。」[23]と表明しているように、清浄界に出入すること、そして不同不二の乾坤を建立することを信じて積極的な態度で「美しい感じ」の画を目的にしている。

　『草枕』に、「余は常に空気と、物象と、彩色の関係を宇宙で尤も興味ある研究の一と考へて居る。」と書いている画工は、「着想を紙に落とさぬともの音はに起こる。丹青は画架に向かつて塗抹せんでも五彩の絢爛自ずから心眼に映る。只おのが住む世を、かく観じ得て、霊台方寸のカメラに澆季涸濁（きょうきこんだく）の俗界を清くうらゝかに収め得れば足る。」[24]と禅の世界をみせている。肉眼でない「心眼」ですべての物事を観ずることができれば、無色の画家に一点なく、解脱して心眼でみた真の画を求めるのである。

　このような真の画を描く漱石について、森田草平は「己れの姿を直視し、自己を諦観する此傾向が進めば、終には文芸の域を脱して、禅家の所謂生死の関門を打破して、一大頓悟を発する所まで行くので

22)『草枕』『漱石全集』前掲書 第2巻 p. 388
23) 談話「余が『草枕』」『漱石全集』前掲書 第16巻 p. 545
24)『草枕』『漱石全集』前掲書 第2巻 p. 388

あろう。私は人生の真に徹しようとする文芸上の観照的態度が、此所に述べたやうな宗教上の悟りと必然的に広がるものであることを信ずるが、先生はやはりそれをも採られなかつた。先生の所謂余裕の文学——例へば前に擧げた俳句のやうに、美に即して自己を客観化せんとするもの——こそ、宗教上の悟りの境地と相通ずるものであることを主張してゐられた。此事に関しては、私は生前——特に『草枕』の出た前後——よく先生と論争したものだ。」[25]といって「美」を求めて一大頓悟を発する所まで行く宗教上の悟りの境をあげている。『草枕』の画工は、これらを得るため、「超然と遠き上から見物する気で、人情の電気が無暗に双方で起らない様にする。さうすれば相手がいくら働いても、こちらの懐には容易に飛び込めない訳だから、つまりは画の前へ立つて、画中の人物が画面の中をあちらこちらと騒ぎ廻るのを見るのと同じ訳になる。」[26]と、自己を客観化することこそ、悟りの境地に達することができて超然と描けるといって、これには「間三尺も隔て　居れば落ち付いて見られる。あぶななしに見られる。言を換へて云へば、利害に気を奪はれないから、全力を擧げて彼等の動作を芸術の方面から観察することが出来る。余念もなく美か美でないかと鑒識する事が出来る。」[27]とその意志を書き見せている。が、これは小説のなかだけでなく実際1890年（明治23年）8月末、「清浄無漏の行に住して自己の境界を寫し出された」[28]と書いた正岡子規宛の書簡からも

---

25) 森田草平(1967)『夏目漱石』筑摩書房 p. 128
26) 『草枕』『漱石全集』前掲書 第2巻 p. 396
27) 『草枕』『漱石全集』前掲書 第2巻 p. 396
28) 『漱石全集』前掲書 第14巻 p. 24

見い出すことができる。清浄無漏の「体」と、行としての「用」は、法身と色身であり、「用」として様々の形に活かしても「体」の変わりはない。「美人の画」の実体は、人間の知識や観念や思想などに捉われていては実感することができない。つまり、心の実体、法身というのは決して知識的な思考では体得することができないという事実を示しながら、漱石は禅によるべきの心境を作品に示唆している。円覚寺の参禅以後、自分に与えられた公案について「哲学式の理屈をいふと尚更駄目だ」と老師に通過されなかった経験の以後漱石はこれを念頭においたと思われる。

　真の画にすることには、放下着の境、すなわち、人間のすべての分別、差別から超越しなければならないのである。それに「法身」の異名としての「美人」のイメ　ジを画にして悟得の表現で、無形無相の「描不成」の「美人」を活かし、真の「画」が表出されるのである。

5. 画になった「美人」

　漱石はいろいろなところで、心の実体を解悟する一つの手段として美人の画を取りあげている。女を対象として様々な角度で画を描こうとする。世俗を離れた非人情の世界、絶対境で真の画が描きたいと願ったのである。『草枕』の那美は池を背景にして画を語っている。「画にかくに好い所ですか」と画工が問うと、「私が身を投げて浮いて居る所を—苦しんで浮いてる所ぢやないんです—やすやすと往

生して浮いて居る所を──奇麗な画にかいて下さい。」[29]と那美は池に
身を投げて死んでいる場面の画を願う。

　小説『三四郎』にも画家原口がいる。そして、「第三の世界は燦とし
て春の如く濫いている…さうして凡ての上に冠として美しい女性」
がある。「美しい女性」として美禰子が最初に登場する場所も池の前
である。「女のすぐ下が池で、池の向ふ側が高い崖ので、其後が派手な
赤錬瓦のゴシツク風の建築である。さうして落ちかゝつた日が、凡て
の向ふから横に光を透してくる。女は此夕日に向いて立つてゐた。」
という情景でまぶしく三四郎の前にその姿を見せている。三四郎と
美禰子が最初に会った池の辺の情景を後に画家原口が画にすること
になる。また、「他の死に対しては、美しい穏やかな味があると共に、
生きてゐる美禰子に対しては、美しい亨楽の底に、一種の苦悶があ
る。」[30]と書いて死を美しく穏やかに語っているし、それを三四郎は
悲しい筈の所を快く眺めて美しく感じるといっている。死を美しい
感じで画にするのである。これに関しては1913年(大正3年)11月14日
漱石が岡田耕三宛の書簡に書いた「私は意識が生のすべてであると考
へるが同じ意識が私の全部とは思はない死んでも自分[は]ある。
しかも本来の自分には死んで始めて還れるのだと考へてゐる。」とい
う内容から考えても死は漱石にとって肯定的であり客観的である。
こういうのは本来の自分である法身とは死んで消え去るのではなく
生死を越えた絶対境地であることをいって、漱石が画の本質でいっ

---

29)『草枕』『漱石全集』前掲書 第2巻 p. 495
30)『三四郎』『漱石全集』前掲書 第2巻 p. 246

た安穏の表現の一つとしてであろうか。前述の通り「画」には客観的な眼が必要である。こういうわけか、美しい女性の美禰子は最後には画になって三四郎の前に立つことになる。

　『三四郎』の「美しい女性」がある第三の世界は三四郎に取つて最も深厚な世界で、「た　近づき難い。近づき難い点に於て、天外の稲妻と一般である… 自分は此世界のどこかの主人公であるべき資格をしてゐるらしい。」の世界である。「凡ての上に冠として美しい女性」は法身に比したもう一つの表語である。したがって、その境地に立つのは、「天外の稲妻」のように刹那のこと、また、それを捕えるのが至極難しいことであるが、一枚の「画」におさまることができれば目標は達成それる。

　画の背景には、「あの女が団扇を翳して、木立を後ろに、明るい方を向いてゐる所を等身に寫して」いるもので、美しい女性の美禰子の希望によるものであると画家原口が広田先生に説明する。三四郎は原口の画室でその画を見てから、「何時から取り掛つたんです」とモデルの美禰子にきく。それに「本当に取り掛つたのは、つい此間ですけれども、其前から少し宛描いて頂いてゐたんです」と答える。また「其前つて、何時頃からですか」に、「あの服装で分かるでせう」という。美禰子はこのように、三四郎と最初に会つたときであるというが、この内容は広田先生の夢の一人の少女の話し、「夢の中だから真面目にそんな事を考へて森の下を通つて行くと、突然其女に逢つた。行き逢つたのではない。向は凝と立つてゐた。見ると、昔の通りの顔をしてゐる。昔の通りの服装をしてゐる。髪も昔の髪である。」からうかがえる。広田先生はまた、「女が、あなたは、其時よりも、もつと美し

い方へ方へと御移りなさりたがるからだと教へてくれた。其時僕が
女に、あなたは画だと云ふと、女が僕に、あなたは詩だと云つた。」と
いうが、この「森の下」の女、つまり、美禰子は「われは我が愆を知る。
我が罪は常に我が前にあり」といって、罪を反省しているように後、
美しい女性の美禰子は最後に「森の女」の画になる。画の本質につい
て、「自由、安穏、平和を求める」といった漱石は「法身」の異名として
「春風」を選択して描こうとしたが、描けなく、これを人間の目にする
ことができる「美人」の画でイメージして描きあげたのであろう。ま
た、これは前述の漢詩で漱石が心の実体、法身の表現として取り入れ
た「春風描不成」についても五年後の1916年(大正5年)の春の漢詩に
再びあげてその「春風」の意を解したのを表明している。『漱石遺墨集』
に「閑居偶成」という題で作っている。

　　　題自畫

　　幽居入不到　　幽居　人到らず
　　独坐覚衣寛　　独坐　衣の寛なるを覚ゆ
　　偶解春風意　　偶たま解す春風の意
　　来吹竹与蘭　　来たりて竹と蘭とを吹く

　人が往来しない閑暇なるところに独り坐禅して、春風の意を解す
ることになる。描けども成らずの「春風」は竹と蘭に吹いてきて自分
の姿を見せているのを感得した感懐を詠じている。
　この詩に関して松岡譲は、「画題四君子のうち彼が好んで画いたも

のは蘭とそして竹。然し、蘭竹図として一紙に画いたのはこれが最初かも知れない」と記している。が、漱石は自然を画にしながらも、絶えず目にすることができない「法身」の表出としての「春風」を描こうとしたのが判明される。そして、それの成就で「春風描不成」であったのが「偶解春風意」になってその禅理を解したのである。

　そして漱石は最後の小説『明暗』に、「階上の板の間迄来て其處でぴったりと留つた時の彼女は、津田に取つて一種の繪であつた。彼は忘れる事の出来ない印象の一つとしてそれを後々迄自分の心に伝えた。」[31]と書いて、最後には繪の具を使わずの心のなかの画として表現している。

　漱石は蒲生芳郎がいっているように「漱石の内的風景、その心象世界の確かな〈表現〉」[32]の画を完成したし、それに「法身」の象徴語としてイメ　ジしてあげられている「美人の画」を長年希求していた真の画である「心の画」でできあがつのであろう。

6. おわりに

　漱石は小説と詩などの文章ばかりでなく画にも深い関心を持って多數残している。また、作品の全般において所所に画とともに美人に対して形容しているが、作意によってその意味も多様である。この意

31）『漱石全集』前掲書 第12巻 p. 176
32）三好行雄編(1990) 別冊国文学『夏目漱石事典』学灯社 p. 116

のなかで心の実体を解悟する一つの手段として取りあげている画、そして美人との関わりを考察した。

　それで絶対世界の「法身」の表出の一つとして美人のイメ　ジで活かそうとして様々な角度から画で表現している。

　『一夜』では「美人の画」を活かす工夫をして、画を描く本人が真の心からその真髄を感得して真の姿を表現しなければならないことを示唆している。『草枕』では、世俗を離れた非人情の世界、絶対境で真の画を求める画工を描いているし、そのモデルとして那美さんを選択する。那美さんに着眼した画工は、那美さんの顔で足りなかった「一点の趣味」の「憐れ」を観じて「真の画」をおさめて成就する。

　『三四郎』にも画家原口がいる。そして「美しい女性」の美禰子がこの画家によって「森の女」という画になる。

　真の画を得る必須の條件になる放心と無邪気からの余裕をもとにして執着なしの放下着と無分別と観心の境をいっている。そして、画の本質として「自由、安穏、平和」を求めるといったように漱石が掲げている「真の画」、「真の画家」とは、俗界を離れて解脱の境に入り、完全なる自由をもって安穏で平和であることを自在に描けることである。法界から現出される色界、つまり、無形のものから有形のものを表出して名画を生み出す真の画家でなければならないといっている。これを実現するため、明明白地の風」、「春風　描けども成らず」と作った漢詩の句からもわかるように、まず「法身」の異名として「春風」を選択し「画」にしようとしたが描けども成らずの無形無色であるので、人の目に見える手段として「美人の画」を描くことに工夫する。そして1913年(大正3年)の漢詩に「春風　草堂に入る」ことになり、1916

年(大正5年)の春の漢詩にはその「春風」の意を解して「偶たま解す春
風の意」と表明している。

　漱石はそれを最後の小説『明暗』に書かれた通り忘れる事の出来な
い印象の一つとしての心の画、「内的風景、その心象世界の確かな〈表
現〉」として描けどもならずの心の実体を解して真の美人の画を得た
のであろう。

参/考/文/獻

- 夏目漱石(1966)『漱石全集』岩波書店
- 夏目漱石(1994)『漱石全集』岩波書店
- 平岡敏夫編(1991)『夏目漱石研究資料集成』全十一卷 日本図書セ
  ンタ
- 『大正新脩大蔵経』(1928) 大正新脩大蔵経刊行会
- 平岡敏夫(1989)『日本文学研究大成·夏目漱石』図書刊行会
- 岡崎義惠(1968)『漱石と則天去私』宝文館出版株式会社
- 森田草平(1967)『夏目漱石』筑摩書房
- 片岡懋編(1988)『夏目漱石とその周辺』新典社
- 文芸読本(1975)『夏目漱石』河出書房新社
- 三好行雄編(1990)『別冊国文学·夏目漱石事典』学灯社
- 蒲生芳郎外(1993)『新編·夏目漱石研究叢書』近代文芸社
- 村岡勇(1968)『漱石資料―文学論ノート』岩波書店
- 片岡良一(1962)『夏目漱石の作品』厚文社書店
- 吉川幸次郎(1967)『漱石詩注』岩波新書
- 和田利男(1974)『漱石の詩と俳句』めるくまーる社
- 松岡譲(1966)『漱石の漢詩』朝日新聞社

夏目漱石の「則天去私」

1. はじめに

　漱石の思想に対する「則天去私」の語は人口に膾炙されて晩年の漱石の思想を代表する熟語として常識化されるようになった。が、その真意については各人各様の解釈がある。こういう事態は漱石自身が直接に「則天去私」の意味を敷衍しなかったため起こっていることで、「則天去私」に関しては定説的解釈は永久に得られないものかも知れないといわれている。しかし、十七、八歳の時から作られている漢詩と手紙、小説などを通じて考えてみると、漱石の根本思想になった東洋哲学から仏教的な心の傾倒、禅の修行などからその意味を把握することができると思う。

　漱石が「則天去私」に関して言ったり書いたりしたもので今に残っているものはまことに乏しいのである。書いたものでは「則天去私」「去私則天」という文字だけ伝えられているから、確かに漱石が晩年

の自分の思想をあらわす標語として掲げたのは証明されているが、その意味は確実にされていない。漱石がこれを語ったのは1916年（大正5年）11月の木曜会の席である。この四字熟語は、当時の漱石の思想を知るための重要な手がかりとなるものであるが、その意味と内容は、その席にいた門下生の回想によってしか知り得ないことになっている。松岡譲の「漱石山房の一夜—宗教的問答—」（『現代仏教』1933年（昭和8年）1月、後「宗教的問答」と改題して『漱石先生』に所収）とそのことを伝える弟子たちの回想録などがある。これら門下生の回想を総合すると、漱石は、1916年（大正5年）11月の漱石山房における木曜会の席上で、松岡譲、芥川龍之介、久米正雄と大学生一人などと宗教的問答をした。ここで二度にわたり「則天去私」について門下生に語ったといわれている。第一回は二日、第二回は最後の木曜会となった16日と推定されている。

　ただこれらの他に1916年（大正5年）11月20日発行の日本文章学院編『大正六年文章日記』（新潮社刊）の一月の扉に「則天去私」の揮毫が掲げられたが、それに付された無署名の解説に、「天に則り私を去ると訓む。天は自然である。自然に従うて、私、即ち小主観小技巧を去れといふ意で、文章はあくまで自然なれ、天真流露なれ、といふ意である。」と書かれているのがある。

　「則天去私」の意とその思想を解するため、彼の人生において晩年まで続けられている仏教の道を手係りにして探求しなければならないと思う。つまり、漱石が禅を通じて到達しようとした悟りの境地とのかかわりをめぐってその真意に近寄る根底を研究し、「則天去私」を掲げるまでの彼の思想の展開と路程を小説をはじめ、諸作品の

中からその根本議になる部分を見出して考察し理解してみようと思う。

2.「則天去私」に至るまでの根底考察

1)「去私」と「無心」

「則天去私」の意としてまず、「去私」の意味を考えなければならないと思う。「去私」とは私を去るとの意味として私を無いことにする意で理解できるのである。即ち、「無私」で、私という執着から脱して真に私から自由になる境地であろう。この「無私」について漱石は1916年(大正5年)11月6日の小宮豊隆宛の書簡にその心境を明かにしている。

　　僕の無私といふ意味は六づかしいのでも何でもありません。たゞ態度に無理がないのです。だから好い小説はみんな無私です。[1]

　私から完全に自由になって自然なるまま、態度に無理がないこと、それが「無私」であると述べている。即ち、これは「則天去私」の「去私」を示唆しているといえる。これは漱石が一生願望していた悟りへの世界から出された言葉として自分の禅境を表したのであると解さ

1)『漱石全集』(1966)　第15巻　岩波書店 p.601

れる。この「去私」または「無私」は「無心」の境地に接しなければ達することができない境界である。漱石は、作品を書きながらも内面には悟りの境地に達する願望を抱いて晩年まで禅の修行をしながら絶えず「無心」の境を求めて自分の文などに表現し、精進していたと思われる。それは「無心」を表す禅語の一つである「花紅柳緑」を持って悩み続けたことからも推量できる。1901年(明治34年)6月以降の「断片」には、「花ハ紅、柳ハ緑/　花ノ紅、柳ノ緑ノ奥ニハ神アリ」[2]と記している。「花紅柳緑」は、漱石の蔵書中にもある『禅林句集』の四言の部に、「柳ハ緑リ花ハ紅イ」とあるが漱石自分の文では、かつて1894年(明治27年)3月9日の「閑却花紅柳緑春」の詩句に書いているし、小説『虞美人草』にも「禅家では柳は緑花は紅と云ふ。」[3]とある。「花紅柳緑」のように眼に映ずるものをなんらの境界にも引かれず、無心に観る禅の道理を表現した語としては、山是山水是水、長是長短是短。天是天地是地。(山は是れ山、水は是れ水、長は是れ長、短は是れ短、天は是れ天、地は是れ地。)[4]などがある。それで漱石は「花紅柳緑」の禅語を自分の禅の修行の一つとしてつかまり、晩年になってその「無心」の禅理を究めることになったのであろう。この道理はあるものをあるがままに観る意で漱石がいっている「態度に無理がない」「則天去私」の根本儀であると思われる。

　1916年(大正5年)10月18日の漢詩に、

---

2)『漱石全集』前掲書 第13巻　p. 93

3)『虞美人草』『漱石全集』前掲書 第3巻 p. 160

4) 山田無文(1986)『碧巌録全提唱』第10巻 財団法人禅文化研究所『碧巌録』第二則「趙州之道無難」の【評唱】『碧巌録全提唱』第1巻 p. 133

無 題

花紅柳緑前縁尽　　花紅柳緑前縁尽き
鷺暗鴉明今意饒　　鷺暗鴉明　今意饒かなり

と書いて、森羅万象に対する執着から逃れ、分別心がなくなり、「今意」がゆたかで、前からもっていた見解から自由になって無心に物事を見ることができた見處を見せている。ついで1916年（大正5年）11月の初め、漱石山房における木曜会の宗教的問答で漱石は「柳は緑に花は紅でそれでいいぢゃないか。あるものをあるがままに見る。」[5]といって当時の漱石自分の「無心」の道を表明することに至り、「今の僕なら、多分、あゝ、さうかといって、それを平静に眺める事が出来るだろうと思う」[6]と語って実に「無心」に到達した心境を確実に表出している。そして晩年になって「無心」の禅語を自分の漢詩に取り入れてその見解を明確にしている。

　1916年（大正5年）、『明暗』の執筆時の漱石は、8月以後の漢詩で、「無心」という禅語をはじめて使っている。「無心」というのは、心に分別妄想が全然起こらない状態、それが無心であるから、仏家のすべての修行者が見性して到達しようとする境地である。

　悟りの境地、絶対の境地になって得られるこの「無心」の境を漱石は従前から禅書などから熟知していてその意味はよく解っていたばずであるが、実際この「無心」という語を、「則天去私」を掲げた年と同

5) 松岡譲（1934）『漱石先生』「宗教的問答」岩波書店 p. 102
6) 松岡譲『漱石先生』「宗教的問答」前掲書 p. 102

じ年の1916年(大正5年)8月16日の漢詩の初頭に初めて取り入れているのに注目されるのである。

無　題

無心礼仏見霊台	無心に仏を礼して 霊臺を見る
山寺対僧詩趣催	山寺 僧に対すれば 詩趣催す
松柏百年回壁去	松柏 百年 壁を回りて去り
薜蘿一日上墻来	薜蘿 一日 墻に上りて来たる
道書誰点窓前燭	道書 誰か点ぜん窓前の燭
法偈難磨石面苔	法偈 磨し難し石面の苔
借問参禅寒衲子	借問す参禅の寒衲子
翠嵐何処着塵埃	翠嵐何處にか塵埃を着けん

ここで「霊台」は心の実体、絶対境をいっているので、「無心礼仏見霊台」は無心に仏を礼拝すれば、悟りが現成すると解釈される。この初句をはじめこの詩の第八句の清淨たる虚空には塵埃がくっつくことが無いはずであるという意味まで、煩悩妄想がない「無心」の道理を示している。

参禅する寒衲子が真心である「霊台」を見ることになったという見處をはじめて示唆している。これは漱石にとって見性の手かがりとしてみられる重要な時期だと言わなければならない。つまり、「無心」の状態で、禅の修行に尽力しなければ、悟道することができないことを確実に知得した禅趣として「無心」になったことを初めて表した詩句なのである。「無心」の語の典據としては唐の六祖大師の弟子であ

る司空山本淨禅師(667~761)の「若欲会道、無心是道(若し道を会せん
と欲せば、無心是道なりと。」[7]などが擧げられるが、以外の仏教経典
にも數多くある言葉である。

　漱石が禅観を得て「無心」という禅語を自信を持って使用しはじめ
た詩句としてこの時期から「則天去私」の機が確立されたのではない
かと敢えて推測する。次は1916年(大正5年)9月3日の漢詩である。

　　無　題

独往孤来俗不齊　　　独往孤来　俗と齊しからず
山居悠久沒東西　　　山居　悠久　東西沒し
巖頭昼靜桂花落　　　巖頭　昼靜かにして桂花落ち
檻外月明澗鳥啼　　　檻外　月明らかにして澗鳥啼く
道到無心天自合　　　道は無心に到りて天自のずと合し
時如有意節将迷　　　時に如し意有らば節将に迷わんとす
空山寂寂人閑處　　　空山寂寂として人閑かなる處
幽草芊芊満古蹊　　　幽草芊芊古蹊に満つ

　詩の第五句「道到無心天自合」では、「道」が「無心」に到達すると「天」
とおのずから合するという確然たる境地を闡明している。つまり、
道を悟ると「無心」と「天」が一如であることを説いているのである。
また、第六句は、天自合の時節が「無心」であるので、四季が次序を失
わないといい、無心之道人の心境一如の境地を詠じている。第七句

7)『国訳一切経』(1959) 諸宗部 大東出版社『景徳伝灯錄』第5卷　p. 131

「空山寂寂人閑處」、第八句「幽草芊芊満古蹊」では「道倒無心天自合」に次いで、人間の「道」の修行が「無心」に達すると、「人」と「天」が一つになって悠々である境地、つまり、「態度に無理がない」あるものをあるがまま観られる「則天去私」の機を表していると思われる。この「道到無心天自合」は、まさに「則天去私」の異なるもう一つの表現であるといえるのであろう。これに次いで察せられるのは1916年(大正5年)11月20日夜に作られた漢詩である。

　　　　無　題

真蹤寂寞杳難尋　　　真蹤は寂寞として杳かに尋ね難し
欲抱虚懐歩古今　　　虚懐を抱いて古今に歩まんと欲す
碧水碧山何有我　　　碧水碧山　何んぞ我れ有らん
蓋天蓋地是無心　　　蓋天蓋地　是れ無心
依稀暮色月離草　　　依稀たる暮色　月は草を離れ
錯落秋声風在林　　　錯落たる秋声　風は林に在り
眼耳双忘身亦失　　　眼耳双つながら忘れて身も亦た失い
空中独唱白雲吟　　　空中に独り唱す白雲の吟

　この詩は漱石が残しているもののなかで死の床につく直前に作った最後の漢詩である。この最後の詩に「無心」の語を取り入れているのに注目される。第四句の「蓋天蓋地是無心」は、文字通り天地が無心であることをいっている。この「蓋天蓋地」は、かつて1906年(明治39年)10月22日の森田草平宛の書簡に「人若し向上の信を抱いで事をな

す時貴キ事神人ヲ超越シテ蓋天蓋地に自我ヲ観ズ。」8)と記している
ように、漱石は蓋天蓋地に自我を観ずることを、およそ十年後の五十
歳になってその念願を果たしたのである。この詩の全般から醸し出
される意味と雰囲気は天も地もすべてのものを「無心」に観ずること
ができたこと、無心で古今を歩むことになったのを示唆しているの
で、「則天去私」になって悟りを得た喜びを知らせる漱石の立地が感
じられるのである。

　晩年になってこそ「無心」の禅語を漢詩に用いることができた漱石
はこれらの漢詩に自分の悟道を明確に表出しているのである。漱石
は小説『草枕』でも示しているように、「余が欲する詩はそんな世間的
の人情を鼓舞する様なものではない。俗念を放棄して、しばらくでも
塵界を離れた心持ちになれる詩である。」9)という詩観を持っていた
のである。この態度で「無心」の境地をある程度得ていた晩年の漱石
は、毎日詩を通じて自分の禅の世界を広げたと思われる。また、「超然
と出世間的に利害損得の汗を流し去った」10)心持ちになって彼の禅定
を漢詩にこめたのであろう。晩年の漱石は1916年(大正5年)8月14日
夜から11月20日、死の床につく前日までに、およそ七十五首にいた
る漢詩を残しているが、この「無心」を取り入れて残している三首の
詩は実に無心の大悟観を詠じているといえる。修行をして世俗の妄
想を休ませ、心身を放下して無心之道を求めて「無私」になった漱石
の禅境である。

---

8)『漱石全集』前掲書 第14巻 p.480
9)『草枕』『漱石全集』前掲書 第2巻 p.393
10)『草枕』『漱石全集』前掲書 第2巻 p.393

　漱石はこういう境地を懇望して長年修行しつづけたのであろう
し、その禅修行の経路を経て分別心をなくし、煩悩妄想を超越して
「無心」の境に入り、「去私」、「無私」の道をめざして禅の修行精進の結
実を得たのではないか、そしてその境地を自分の言葉として「則天去
私」と示しているのではないかと思われる。

2)「則天」と天然自然

　前述のように宗教的問答で漱石は「柳は緑に花は紅でそれでいい
ぢゃないか。あるものをあるがままに見る。」といって、当時の漱石
自分の「無心」の道を表明することにいたる。そして「今の僕なら、多
分、あ　、さうかといって、それを平静に眺める事が出来るだろうと
思う」といって、自分自身に自由を得て自然な状態になった見解を明
らかにしている通り、漱石はあるものをあるがままに観る天然自然
の態度で世の中を見ることができるのを示唆している。これは、「天
に則り私を去ると訓む。天は自然である。自然に従うて、私、即ち小
主観小技巧を去れといふ意で、文章はあくまで自然なれ、天真流露な
れ、といふ意である。」といっている「則天去私」の無署名の解説に託
して考えるべきのことで、漱石がいっている天然自然について考察
する必要があると思う。『吾輩は猫である』以後、『明暗』まで、小説、日
記、漢詩、書簡などの文章で漱石は天然と自然、または天然自然と自
然天然という言葉を用いてその意味と思想の表現をしているが、そ
れには単なる言葉の意味だけのものもありながら、自己内面的傾向
を表現している意味で取り入れているのもあるので特にこれに注目

される。つまり、天然自然の本意と密接な関係がある「則天去私」の意
味に着目されるからである。その意味が外面的なものであり内面的
なものであり、漱石が意図している真の意味とは、彼の作意と思想を
踏まえて、その単なる単語の意味にとどまらず「則天去私」の世界に
まで進まなければならないと思うのである。

　天然と自然という言葉を共に用いている文章は、1893年(明治26
年)3月6日、『哲学雑誌』に載せた評論、『英国詩人の天地山川に対する
観念』から見出すことができる。

　　「ゴールドスミス」は、田舎の生活を愛せし人なり。之を愛したるが
　故に、之に伴なふて離すべからざる。田園、村港、水車等、一に天然の
　景物を愛したり。然れども人を離れて山川を愛することなきなり。山
　川其物を戀ふことなきなり。「ポープ」の如く、宴席の小天地に踢躇せ
　るに優ること遠しと雖ども、自然を愛する事食色に優る杯とは、申し
　難からん。[11]

　というのをみると、天然と自然の意味として二十代までは単なる
自然と天然について外面的な気分を表していると思う。しかし、以後
の文章には漱石の内面的な世界が感じられる意味で使っているとい
いたいが、まず、天は自然であるという「則天去私」の解説に注意して
天然自然また自然天然について調べてみると、1906年(明治39年)9月
30日、本郷から森田米松への書簡に書き込まれているので、その意が

---

11) 『哲学雑誌』『漱石全集』前掲書 第2巻 p. 164

解されると思う。

　　草枕の主張が第一に感覚的美にある事は貴説の通りである。感覚的
　美は人情を含まぬものである。(見る人から云ふても見られるほうか
　ら云ふても)
　　(一)　自然天然は人情がない。見る人にも人情がない。双方非
　　　　人情である。只美しいと思ふ。是は異議がない。
　　(二)　人間も自然の一部として見れば矢張り同じことである。
　　(三)　人間の情緒の活動するときは活動する人間は大に人情を
　　　　発揮する。見る人は三様になる。
　　(a)　全く人情をすてて見る。松や梅を見ると同様の態度(是は一ト
　　　　二ト同じ事に帰着する)
　　(b)　全く人情を棄てられぬ。同情を起したり。反感を起したりす
　　　　る。然し現実世界で同情したり反感を起したりするのと異なる
　　　　場合。即ち自己の利害を打算したいで゜ 純粋なる同情と反感の
　　　　場合。(吾人が普通の芝居を見る場合)
　　(c)　現実世界で起す同情と反感を起して人間の活動を見る場合(此
　　　　場合が芝居切こと時々見物人が舞台へ飛び上がって役者をな
　　　　ぐったりなどする。フランスで兵士の見物がオセを拳銃で打っ
　　　　た事がある。)[12]

　と書かれている内容からは、「自然天然は人情がない。見る人にも
人情がない。双方非人情である」といっている。これは好き嫌いの分

---

12)『漱石全集』前掲書 第14巻 p. 457

別心と苦悩がないことで世俗的でない超越境をいっているといえ
る。この天然自然に対して漱石が思想的に意味を與えて用いている
が、それを見出すことができるのは、小説『吾輩は猫である』からであ
る。小説の第十一章で、寒月君、迷亭、独仙君、東風君等が集めて刑事
と探偵、スリ泥棒について議論する場面で主人苦沙彌が述べる内容
で次のようである。

> 君なぞはせんだっては刑事巡査を神のごとく敬い、また今日は探偵
> をスリ泥棒に比し、まるで矛盾の変怪だが、僕などは終始一貫父母未
> 生以前からただ今に至るまで、かつて自説を変じた事のない男だ。(中
> 略)今の人の自覚心と云ふのは自己と他人の間に截然たる利害の鴻溝
> があると云ふ事を知り過ぎて居ると云ふ事だ。さうして此自覚心なる
> ものは文明が進むに従つて一日一日と鋭敏になつて行くから、仕舞に
> は一挙手一投足も自然天然とは出来ない様になる。[13]

ここでも分かるように、漱石はかつて知り過ぎる自覚心、つまり、
識見は自然天然になることにおいて邪魔であると認識していた。
が、認識していながらも、この時期までは、漱石自身も世俗の一人と
して自覚心に追われ、自然天然になることに苦心していたと思われ
る。すなわち、「自覚心なるものは文明が進むに従つて一日一日と鋭
敏になつて行く」から、あるものをあるがまま観ずる自然天然の態度
になりにくい。で、ここでの自然天然の意味は分別から自由になれる
ことであると思われる。また、1908年(明治41年)の『創作家の態度』に

---

13)『吾輩は猫である』『漱石全集』前掲書 第1巻 p. 503

は次のように書かれている。

　　真が目的なら真を好むのだろう、よし好まないまでも、偽を悪む訳
　だろう。真を取り偽を棄てるのは自然の数じゃないか。なるほどそう
　であります。しかし文字の上でこそ真偽はありますが、非我の世界、
　すなわち自然の事相には真偽はありません。昨日は雨が降った、今日
　は天気になった。雨が真で、天気が偽だとなると少し、天気が迷惑す
　るように思われます。これを逆にして、それじゃ雨の方が偽だと云っ
　ても、雨の方が苦情を云うだろうと思います。だから大千世界の事実
　は、すでにその事実たるの点においてことごとく真なのであります。
　この事実は真だから好きだ、この事実は偽だから嫌だと、どうしても
　取捨はできない訳であります。真偽取捨の生ずる場合は、この客観の
　事相を寫し取った作物そのものについてこそ云われべきものでありま
　す。[14]

　「自然の事相には真偽がない」こと、大千世界の事実は、すでにその
事実たる点において悉く真であるといっているように自然には好き
嫌いの分別心がないのである。ここでいっている「非我の世界」は「則
天去私」の「去私」と同じ意として理解しても無理がないと思われる。
あるものをありのまま観ずるべきであること、また、文学において
も、「非我の事相を無我無心に観察する」ことを説いている。
　『坑夫』の青年は過去の自分に起こった、当時の種々の状況で、萬事
長蔵さんのいう通り、はいはいといっていたのが自然で、現在の自分

---

14)『創作家の態度』『漱石全集』前掲書 第11巻 p. 162

は、百の長蔵さんが引っ張っても毫も動かないのが天然自然の状態であるという。それで、主人公青年は、現在の自分の時点で、夢のような過去の自分の生を思い、

　昔は神妙で今は横着なのが天然自然の状態である。人間はかう出来てるんだから致し方がない。夏になつても冬の心を忘れずに、ぶるぶる悸へていろつたつて出来ない相談である。[15]

といって、心の変わりが天然自然の状態であることを意識する。ここでいっている天然自然とはあるものをあるがままに見るという意味であろう。「あるものをあるがままに見る」とは佛教でいう至極当然である真理であり、超越境である。「則天去私」即ち、それは思量分別が消えた禅の世界を指している。無執着、無念無想の境地の見處である。1915年(大正4年)の『私の個人主義』には、

　必竟ずるにこういう事は実際程度問題で、いよいよ戦争が起った時とか、危急存亡の場合とかになれば、考えられる頭の人、——考えなくてはいられない人格の修養の積んだ人は、自然そちらへ向いて行く訳で、個人の自由を束縛し個人の活動を切りつめても、国家のために尽すようになるのは天然自然と云っていいくらいなものです。だからこの二つの主義はいつでも矛盾して、いつでも撲殺し合うなどというような厄介なものでは万々ないと私は信じているのです。[16]

---

15) 『坑夫』『漱石全集』前掲書 p. 509
16) 『漱石全集』前掲書 第11巻 p. 462

　と述べている。ここでの天然自然の意味は反感なしに、そのまま受け入れるというのであろう。これは木曜会の席上での宗教的問答でいった、「柳は緑に花は紅でそれでいいぢゃないか。あるものをあるがままに見る。それが信といふものではあるまいか。」[17]といった漱石の意思が明明と表現されている文章である。このようなあるがままに景物を自然に観ることについては後、1916年（大正5年）9月18日の漢詩でも詠じられている。

　　　無　題

　　　飣餖焚時大道安　　　飣餖を焚く時　大道安し
　　　天然景物自然観　　　天然の景物を自然に観る
　　　佳人不識虚心竹　　　佳人は識らず虚人の竹
　　　君子曷思空谷蘭　　　君子は曷んぞ思わん空谷の蘭
　　　黄耐霜来籬菊乱　　　黄は霜に耐え来たりて籬菊乱れ
　　　白従月得野梅寒　　　白は月従り得て野梅寒し
　　　勿拈華妄作微笑　　　華を拈りて妄りに微笑を作す勿かれ
　　　雨打風翻任独看　　　雨打地風翻えし　独り看るに任す

　天然自然の言葉が取り入れられている漢詩は以外に少ない。大道とともに表現されている第二句の「天然景物自然観」は思量分別を無にしてありのまま観ずることを示唆している。この句が第七句の「勿拈華妄作微笑」、つまり、禅の公案「拈花微笑」とともに表現されてい

ることからも、真の天然自然の意が解される。大患以後五十歳になって「天然の景物を自然に観る」ことになったのを宣言のように漢詩に表しているのである。そして、この漢詩を作った時期は最後の未完成小説である『明暗』が書かれている時期でもあるが、『明暗』にはほかの作品より天然自然が多く使われているのにも注目される。吉川夫人が津田に清子のところに行くことを勧める場面の会話からである。

　　貴方は貴方で始めつから独立なんだから構つた事はないのよ。遠慮だの気兼だのつて、なまじ餘計なものを荷にして出すと、事が面倒になる丈ですわ。それに貴方の病気には、此所を出た後で、ああいふ所へ一寸行つて来る方が可いんです。私に云はせれば、病気の方丈でも行く必要は充分あると思ふんです。だから是非入らつしやい。行つて天然自然来たやうな顔をして澄ましてゐるんです。さうして男らしく未練の片を付けて来るんです。[18]

この立場から見ると、世間の遠慮、気兼ねなどは、実に思量分別の種であるから、天然自然になって煩悩の塊になっている世情の未練なんかは片付けるべきである。病気も世俗の分別から来る心の作用であるので餘計な荷を下ろすべきであるといっている。また、継いで次のように述べられている。

　　彼女は蒼くなった。彼女は硬くなった。津田はそこに望みを繋いだ。今の自分に都合の好いやうにそれを解釈してみた。それからまた

18)『明暗』『漱石全集』前掲書 第7巻 p. 474

　その解釈を引繰返して、反対の側からも眺めてみた。不思議にも彼の
自信、卑下して用いる彼自身の言葉でいうと彼の己惚は、胸の中にあ
るような気がした。それを攻めに来る幻滅の半鐘はまた反対にいつで
も頭の外から来るような心持がした。両方を公平に取扱かっているつ
もりでいながら、彼は常に親疎の区別をその間に置いていた。という
よりも、遠近の差等が自然天然属性として二つのものに元から具わっ
ているらしく見えた。結果は分明であった。[19]

　清子とのことを片付けるための津田の態度は自然天然でなければ
ならない。遠近の差等が自然天然元から具わっている。そして両方を
公平に取扱かうべきである。つまり、人間世界を離れる直前の漱石に
とって、一生の荷であった煩悩と妄想を全部下ろすことにしなけれ
ばならない。それが天然自然にこの世に来たように、天然自然に滅せ
られて、そして天然自然にこの世を去ること、これこそ天然自然の境
であると漱石は説いているようである。つまり、この世のあるものす
べてをあるがままに観ずること、無我無心に観ずることが天然自然
に観ずることであると思うのである。

　このように、天然自然または自然天然の語は二十代の文章であ
る『英国詩人の天地山川に対する観念』、小説『吾輩は猫である』から
最後の小説『明暗』まで、作品全般にわたって取り入れて使われてい
るが、そのなかで最後の作品『明暗』に多く使われていることがわか
る。その理由として考えられるのは、晩年になって掲げることになっ
た「則天去私」の思想が余念なく小説に表されたのではないかという

19)『漱石全集』前掲書　第7巻　p. 616

ことである。「文章はあくまで自然なれ、天真流露なれ、といふ意である。」という解説のように、なんらの執着なしにただ観照することで、天然の景物を自然に観ずることができる「則天去私」の大道を解してそれを表現していると注目したい。

　つまり、あるものをあるがまま観ずるのが「則天」の天然自然で、『坑夫』の青年の「無性格」がそれであり、『草枕』の非人情世界がそれであり、また、『明暗』の未練の片を付けるのがそれであると思う。人情は人情の通り、非人情は非人情の通りあるがまま、差別なく、平等に受け入れる心の状態が正に天然自然の状態で、この意味は「天に則り私を去ると訓む。天は自然である。自然に従うて、私、即ち小主観小技巧を去れといふ意」であるとなっている「則天去私」の晩年の漱石の思想と繋がっているとも思われる。

3)「春風」における「則天去私」

　漱石の作品に表れている言葉のなかで象徴的な意味で用いられているのが多数あると思われる。そのなかで「則天去私」の世界、つまり、禅境で感じ得られる根底の言葉として「春風」という語に注意したい。「春風」についての文は、春に感じられる風の自然そのままの表現として用いられているものとして、1898年(明治31年)「春興」という題目で書かれた漢詩、「出門多所思(門を出でて思う所多し)、春風吹吾衣(春風　吾が衣を吹く)、芳草生車轍(芳草　車轍に生じ)、廢道入霞微(廢道霞に入りて微かなり)がある。が、以後の1916年(大正5年)に作った詩の「偶解春風意」までは漱石特有の思想の「則天去私」

の世界である禅境を表現する手段として「春風」が使われていると思う。これらから推測できる手掛かりは、春風についての漱石だけの特別な意圖として春風の意に「則天去私」の境地を表そうとする漱石の意志とともに実践している修行である。漱石はすでに二十代にこの春風の意とともに天意を語っている。

1896年(明治29年)10月に書かれた『人生』という文章では、

人を殺すものは死すとは天下の定法なり、されども自ら死を決して人を殺すものは寡なし、呼息遍り白刃閃く此刹那、既に身あるを知らず、焉んぞ敵あるを知らんや、電光影裡に春風を斬るものは、人意か将た天意か。[20]

という表現で春風を描いているし、1906年(明治39年)にかかれた小説『吾輩は猫である』にも、

「そうさ、当人に云わせるとすこぶるありがたいものさ。禅の機鋒は峻峭なもので、いわゆる石火の機となると怖いくらい早く物に応ずる事が出来る。一体禅とか仏とか云って騒ぎ立てる連中ほどあやしいのはないぜ」
「そうかな」と苦沙弥先生少々腰が弱くなる。
「この間来た時禅宗坊主の寝言見たような事を何か云ってったろう。」
「うん電光影裏に春風をきるとか云う句を教えて行ったよ」

---

20) 『人生』『漱石全集』前掲書 第12巻 p. 268

「その電光さ。あれが十年前からの御箱なんだからおかしいよ。無覚
禅師の電光ときたら寄宿舎中誰も知らないものはないくらいだった。
それに先生時々せき込むと間違えて電光影裏を逆さまに春風影裏に電
光をきると云うから面白い。」[21]

と書いている。この文章では、禅と禅師の話とともに春風が描寫
されているのに注目される。両文章とも「電光影裡に春風を斫るもの
は、人意か将た天意か」「電光影裏に春風をきるとか云う句を教えて
行った」といって同じ内容を示している。春風を擧げながら天意を
いっているし、一体禅を擧げながら禅の公案のように春風を取り入
れているのである。すなわち、春風がただの自然の春の風をいってい
るのではなく、禅家の禅語の一つとして表していることが分かる。
　同年1906年(明治39年)にかかれた『草枕』では、「招かぬに、遠慮も
なく行き抜ける春風」を描寫している。

　空しき家を、空しく抜ける春風の、抜けて行くは迎える人への義理
でもない。拒むものへの面当でもない。自から来りて、自から去る、
公平なる宇宙の意である。掌に顎を支えたる余の心も、わが住む部屋
のごとく空しければ、春風は招かぬに、遠慮もなく行き抜けるであろ
う。[22]

この文章の「自から来りて、自から去る、公平なる宇宙の意」という

　のは、まさに「則天去私」の意を表現しているようである。「公平なる宇宙の意」は「天」の意として理解されるので、これはなんらかの拘碍なしに遠慮もなく「私」を去って自由に出入する境地を春風に喩えてその道理を示唆しているからである。

　1910年(明治43年)の修善寺大患以降、漱石は積極的に求めていた禅の世界への求道に対してもっと切実に考えたのか、禅境で得ようとした「心の本体」について積極的に窮めることになる。『禅門法語集』の書き込みに、心の「体」と「用」について漱石の見解を記していることに注目される。

　　心ノ本体ニ関係ナキ故ニ可モ不可モナキナリ。心ノ用ハ現象世界ニ
　　ヨツテアラハル。其アラハレ方が電光モ石化モ及バヌ程ニ早キナリ。
　　心ノ体ト用トノ移リ際ノ働ヲ機ト云フナリ。「オイ」ト呼バレテ「ハイ」
　　ト返事ヲスル間ニ体ト用ガ現前スルナリ。23)

　この記述から思うと、当時、心の「用」と「体」とが現象世界によって現れ、その本体は明らかに存在しているが、凡俗の人にあっては分別と雑念に覆われているから、その本来の働きを実感することができない。故に、分別妄想を除去して「則天去私」に至るのには心の本体を先に悟るべきであるという。電光も石化も及ばぬ程早いと形容されている心の移り動き、その喩え言葉で春風を用いているのである。これについで作られた漢詩などでは漱石のその意志があらわされてい

---

23)『漱石全集』前掲書　第16巻　p. 270

る。1912年(明治45年)6月の漢詩には心の本体を春風に喩えて表現している。

　　無　題

　　芳菲看漸饒　　　芳菲　漸く饒かなるを看る
　　韶景蕩詩情　　　韶景　詩情を蕩がす
　　却愧丹靑技　　　却って愧ず丹靑の技
　　春風描不成　　　春風　描けども成らず

　この詩では「春風描不成」といって、描けども成らず春風を取り入れている。修善寺の大患以後の死を体験した後の詩である故、求道の切実さを表わしていることがわかる。ここで論者は漱石が意圖的に「春風」を「心の本体」として取り入れていると指摘したいのである。「電光影裏に春風をきる」「電光も石化も及ばぬ程早い」ものとして、無形無相である「心の本体」の表現と無形無相の「春風」と意趣を同じくしたのであろう。つまり、漱石は「心の本体」を自分の漢詩に取り入れて象徴的な言葉で表現し、晩年に提唱した自分の禅的見解である「則天去私」を示していると思われるからである。
　松岡讓は「春風描不成」について、「春景を繪画的に詠じ又繪にしやうとしてゐた前詩迄の趣とがらりと変わり、こゝではつひに繪にはかけないと匙を投げて、春色の中に陶醉するところを詠じてゐる。」と解説しているが、漱石はただの春色を詠じたのでなく、そのような春風から伝わる「則天去私」の消息を詠じているのである。心の本体

である本来面目が「描不成」であるといった典據は、禅語として公案
集の一つである『無門関』から見出すことができる。無門慧開の著『無
門関』の中の第二十三則、達磨大師五祖から六祖への伝法をめぐる
「不思善惡」の公案に附した無門の頌に見えるものである。

描不成兮画不就	描けども成らず、画けども成らず
贊不及兮休生受	贊するも及ばず、生受することを休めよ
本来面目沒處蔵	本来の面目蔵すに處なし
世界壊時渠不朽	世界壊する時 渠れ朽ちず

　このように蔵す處さえない「描不成」である無形の本来面目すなわ
ち、心の本体であるので、漱石はこれを典據にして「春風描不成」と入
れ替えて「心の本体」を「春風」に喩えて表現し、描くことも蔵すことも
できない心の本体の道理を説いている。
　また、同じ時期の1912年(明治45年)6月につくられた漢詩にも「春
風」を用いている。

　　無　題

樹暗幽聽鳥	樹 暗くして 幽かに 鳥を聴く
天明仄見花	天 明かにして 仄かに 花を見る
春風無遠近	春風 遠近無く
吹到野人家	吹き到る 野人の家

　ここでは「天明かにして仄かに花を見る」という句とともに春風が
描寫されているに注意される。いままで修行した甲斐があったので
あろうか、やっと天が明るくなって仄かにでも花を見ることができ
たのである。そして、春風に遠いとか近いとかいうことも無いという
こと、即ち、悟りの境地に接近したこと、「私」の執着から脱せられて
明るくなった「天」を接したことで、「則天去私」の根底を明らかに示し
ていることが分かる。それで、心の本体の喩えとして表現している春
風の実体を感じ得たことを示している。

　そして、漱石はつぎの1913年(大正3年)の漢詩に草や木などの外
の自然から感じ得られた春風がとうとう草堂にまで入ってきたのを
観た感懐を頌することになる。「野水辭花塢(野水　花塢を辭し)／ 春
風入草堂(春風　草堂に入る)／ 徂徠何澹淡(徂徠　何んぞ澹淡たる)／
無我是仙郷(無我　是れ仙郷)」と詠じた意として、「春風入草堂」のよ
うな意味の「春風」を取ることも描くことも、形容することもできな
かったが、今になって自分で直接感じることになり、その実体を覚る
ことができたことで、草堂のなかに入った春風の存在を接すると同
時に無我の境地にはいり、その境地こそ仙郷であると詠じてそれを
得た澹淡さを表現しているのである。悟りの境地、すなわち本来面
目、心の本体を接したのであろう。ここで「無我」は「去私」と同語で理
解してよいと思う。また、「仙郷」は人間が住む所でない理想郷である
ゆえ、人間が住んでいる地に対する天としても解される。従って「無
我是仙郷」は「則天去私」の異なるもう一つの表現として取ることが
できるのではないか。真に喜しい境地を表現していると思われる。ま
た、春風が草堂に入来するときには、何らの分別もないので、無心の

道理をあらわしているとも解される。

　つまり、「春風」は「本来面目」の禅意を與えたものでありながら同時に「則天去私」の根底としてその意趣を表わしていると主張したい。

　以後、1916年(大正5年)春に作った漢詩についにその意を解得したと表出している。

　　　題自畫

　　　幽居人不到　　　幽居　人到らず
　　　独坐覚衣寛　　　独坐　衣の寛なるを覚ゆ
　　　偶解春風意　　　偶たま解す春風の意
　　　来吹竹与蘭　　　来たりて竹と蘭とを吹くを

　この詩では、自然と共に無心である心境で人が往来しないところで独り坐禅して、偶然、春風の意を悟ることになる境地を表現している。春風が竹と蘭に吹いてきて自分の姿を見せていることから春風の意を悟り、その存在を感得することができたのである。

　ここで、春風は何の形象もないがそれが作用するとき現われるし、その暖かさも竹と蘭に吹き来るとき、はじめて万物を生育することを知ることができるという妙用の道理としてその「春風意」を表現している。漱石は「去私」の境を得てから心の作用を静かに自然の中から感じ、彼自身の漢詩にそれを表出している。これで「則天去私」の境地を得たといえるのである。

　次は1916年(大正5年)の春に作った詩である。

　　無　題

　　唐詩読罷倚闌干　　　唐詩 読み罷めて　闌干に倚れば
　　午院沈沈緑意寒　　　午院　沈沈として　緑意寒し
　　借問春風何處有　　　借問す　春風何處にか有ると
　　石前幽竹石間蘭　　　石前の幽竹　石間の蘭

　　この詩では、長年の修行でやっと春風の意を解得してみると、石前
の竹にも石間の蘭にも、何處にも春風はあること、自然にそれを観る
ようになった喜びを前詩についで表現している。「私」という執着か
ら脱してこそ観じられる心の本体、去私してからの自然なる見處に
接することができたのである。1916年（大正5年）9月19日の漢詩には
無我境地とともに無声の句を得る高い境地をいっている。

　　（前略）
　　年年妙味無声句　　　年々の妙味は　無声の句
　　又被春風錦上添　　　又　春風を錦上に添えらる

　　といって、詩を作ることにおいて真実の詩は無声の詩であり、無声
の詩こそ本當の詩であるといってその例としてすでに感じ取った春
風をあげている。ここで、春の季節に作った春風の詩がはじめて秋の
9月に書かれたことに注目しなければならないのであろう。漱石は春
にだけ吹く風としての春風の観念からも自由になって秋にも春風を
描寫する妙用の道理を説くことになったのではないかと思われるか
らである。このように、「春風」は感ずることは感ずるけど、目には見

えない、描くことができないゆえ、「心の本体」も、そのようで漱石は
春風に比喩していると思う。春風によって万物の様子と動きを観た
り感じたりするのに譬えたと思う。漱石は、春風を通じてその道理を
悟り、「則天去私」の境地に至るまでそれを表わす語としてその修行
の進展を見せしめしていると考えられる。

3.「則天去私」の真意

　前述通り漱石が晩年に掲げている「則天去私」は、無私、無心の絶対
の境地から得たのであろうと推量できる。松岡譲の「宗教的問答」に
は「冷たい雨がしとしと降った。その雨のせいか、いつになく木曜日
の夜の漱石山房はものしずかだった。客も珍しく少なかった。芥川と久
米と大学生が一人と、そうして私と四人だった。」と、かかれている。
この時の「宗教的問答」によると、悟りの道に向かっていることが、人
生における一番高い態度であると語った漱石に一人の弟子が、「先生
はその態度を自分で体得されましたか」と質問する。これに対して漱
石は次のように述べたと伝えられている。

　　漸く自分も此頃一つのさういった境地に来た。『則天去私』と自分で
　はよんで居るのだが、他の人がもつと外の言葉で言ひ現はしても居る
　だろう。つまり普通自分自分といふ所謂小我の私を去つてもつと大き
　な謂はば普遍的な大我の命ずるままに自分をまかせるといつたやうな
　事なんだが、さう言葉で言つてしまつたんでは尽くせない気がする。

　その前に出ると、普通えらさうに見える一つの主張とか理想とか主義とかいふものも結局ちつぽけなもので、さうかといつて普通つまらないと見られているものでも、それはそれとしての存在が与へられる。つまり観るほうからいへば、すべてが一視同仁だ。差別無差別といふやうな事になるんだらうね。[24]

　この「宗教的問答」から「則天去私」の意味は明らかにとらえることができると思う。「小我の私を去つてもつと大きな謂はば普遍的な大我の命ずるまゝ」の「大我」とは、悟りの道に至った境を指していると思う。真我として、無心之道人、脱俗の絶対の境地で、差別無差別の分別心は言うまでもなく少々の私心もすべて去っていった境界を示しているのであろう。漱石はこのように自分なりの悟境を得て、小我の私より、大我の立處になって天の命に従い、「則天去私」という言葉で自分の見解を確然にしたのである。

　1915年(大正4年)の「断片」に「自由に絶対の境地にはいるものは自由に心機の一転を得」[25]と、かいている。そして「無我」については1915年(大正4年)3月21日の日記に、「自分の今の考、無我になるべき覚悟を話す。」[26]といい、また、「断片」1915年(大正4年)1月頃より11月頃までのメモには「完全なる無我は小我を超越した大我である。大我は無我と一ナリ」[27]と記されている。無私、無我は我執が無い状態で得た禅理をいう。

24)　松岡譲(1966)『漱石先生』前掲書 p. 102
25)　『漱石全集』前掲書 第13巻 p. 778
26)　『漱石全集』前掲書 第13巻p. 761
27)　『漱石全集』前掲書 第13巻 p. 772

　「宗教的問答」の内容とともに知られているとおり、この時期に書いた弟子達への手紙などに禅僧への深い敬愛の文章も見られている。1916年(大正5年)10月23日から31日まで、漱石の自宅に二人の禅僧が泊まったことがある。これをきっかけにして、さらに大悟の鞭を自分に加えたかも知れない。1916年(大正5年)11月10日の鬼村元成宛の書簡に「私は私相応に自分の分にある丈の方針と心掛で道を修める積です」[28]、同年11月15日、二人の禅僧の中、富沢敬道宛の書簡には「変な事をいひますが私は五十になつて始めて道に志す事に気のついた愚物です。」[29]と書いているように、漱石は五十になって自分の分にある「道」を修める意思を示している。その修めた道が、「則天去私」であると思う。

　1916年(大正5年)9月9日の漢詩には、

　　無　題
　　曾見人間今見天　　　曾つては人間を見　今は天を見る
　　醍醐上味色空邊　　　醍醐の上味　色空の邊
　　白蓮曉破詩僧夢　　　白蓮　曉に破る詩僧の夢
　　翠柳長吹精舎緣　　　翠柳　長く吹く精舎の緣
　　道到虛明長語絕　　　道は虛明に到りて長語絕え
　　(後略)」

といって、「道」が「無心」に到達すると「天」とおのずから合するとい

---

28) 『漱石全集』前掲書 第15巻 p. 602
29) 『漱石全集』前掲書 第15巻 p. 602

うことを説いている。

　以前は人間をみてその俗界で煩悶したりした苦痛があったが、今
になっては、小我的でなくそれから超越して大我的に大胆に天を見
ることになったのである。この詩は「完全なる無我は小我を超越した
大我である。大我は無我と一ナリ」といったとおり、漱石思想をよく
表したものである。この詩にも確かに自分が主張した「則天去私」の
思想を禅境として打ち出していると思われる。

　また、1916年(大正5年)10月12日の漢詩には、

　　（前略）
　　空明打出英霊漢　　　空明　打出す　英霊漢
　　閑暗踢翻金玉篇　　　閑暗　踢翻す　金玉の篇
　　胆小休言遺大事　　　胆小なりとて大事を遺ると言う休かれ
　　会天行道是吾禅　　　天に会して道を行なうは是れ吾が禅

と表して禅修行の結実を示しているように漱石の悟境を詠じてい
る。「会天行道」は私心のない、「去私」の道で、私を去って天に会する
ことで「則天去私」の直接の表現であるといえる。その「則天去私」の道
を悟ること、それを吾が禅にするという意として理解される。漱石は
自分の道を修め「会天行道是吾禅」にして「則天去私」を示唆している
のである。したがって、この「則天去私」に対して漱石の直接的な説明
はないと一般にいわれているが、漱石は自分の晩年の漢詩にその内
容を至極詳細に説いていると敢えて言いたい。

　1916年(大正5年)11月19日の詩に、

無　題

（前略）

観道無言只入静　　道を観るに言無くして只だ静に入り

拈詩有句独求清　　詩を拈りて句有れば独り清を求む

迢迢天外去雲影　　迢迢たり天外去雲の影

籟籟風中落葉声　　籟籟たり風中落葉の声

　と、超然なる境を表現している。この詩で注目しなければならない
のは「天外去雲」である。これはすべての煩悩妄想が消え去ってその
真の道を得ることになったのを表しているだろうし、実にこれは「則
天去私」を成し遂げた境地を示しているといえるのである。

　『野分』に「道の為めに生きべきもの」、「道は尊いもの」[30]といった通
り、、晩年の漱石は無心道人の境地にたどり着いたといえる。『野分』
では「和煦の作用ではない粛殺の運行である。儼たる天命に制せら
れて、無條件に生を亨ける罪業を償はんがために働くのである。」[31]
といって、天命に制せられて「道」を遮るものを恐れることなしに、
生涯「道」のために進むべきであることを青年たちに告げているので
ある。このような「道」は、「人の為に」守らなければならないものとし
て、文学者である漱石は「文学は人生其物である」といい、その思想は
晩年になって「好い小説はみんな無私です。」と言ったことばにまで
連なっている。つまり、『野分』の「天命に制せられて」いる「道」は、「則

---

30)『野分』『漱石全集』前掲書 第2巻 p. 659
31)『野分』前掲書　p. 697

天去私」に帰着しているのである。「道を守るのは神より貴し」[32)]と宣言したように、「道」に対して、漱石がその生涯を通じて追求し続けていたことを注目したい。「僕の無私といふ意味は六づかしいのでも何でもありません。た　態度に無理がないのです。だから好い小説はみんな無私です。」といったとおり、「無私」は「則天去私」の「去私」とその意趣を同じくしている。漱石は自分の作品に心の本体、絶対の境地について多様に表現したりしたが、ついには、「無私」として「則天去私」という彼の独特な禅旨をいっているのである。

　前述した1916年（大正5年）11月20日夜に作られた最後の漢詩、「碧水碧山何有我（碧水碧山　何んぞ我れ有らん）/ 蓋天蓋地是無心（蓋天蓋地　是れ無心）」には、完全に超俗から脱して真にその「無私」「去私」になった心持を自認して書いていることが感じられる。「碧水碧山何有我」と「蓋天蓋地是無心」の句からは山水が無私として私心がないこと、天地が無心であることを明かにして、「則天」と「去私」の境、すなわち煩悩妄想が去っていった無心道人の悟境の世界である「則天去私」の実意をあらわしているのである。これは、『碧巌録』第二十二則の「雪峰鼈鼻蛇」の【評唱】に「与我蓋天蓋地去。峰於言下大悟。（我が与に蓋天蓋地し去れ。峰言下に於いて大悟す。）[33)]から分かるように、つまり、天地においての無私、去私の境に接する大悟の道理を示しているのであろう。この最後の漢詩は、自分の悟道を明確にしているし、「蓋天蓋地」に心身を放下した「無私」の境、漱石の「則天

---

32)『野分』前掲書　p. 799
33) 山田無文(1986)『碧巌録全提唱』第5巻 禅文化研究所 p. 178

去私」を端的に表現した禅詩であると思う。

4. おわりに

　漱石が晩年に掲げた思想である「則天去私」の語の真意については各人各様の解釈があるが、本論で考察した通り、漱石の根本思想になった禅の修行などからその意味を把握することができると思う。それで1916年（大正5年）11月の木曜会の席で語られたこの「則天去私」は当時の漱石の思想を知るための重要な手がかりとなるものとして注目したい。「則天去私」は日本文章学院編『大正六年文章日記』の一月の扉に「則天去私」の揮毫が掲げられている。それに付された無署名の解説に、「天に則り私を去ると訓む。天は自然である。自然に従うて、私、即ち小主観小技巧を去れといふ意で、文章はあくまで自然なれ、天真流露なれ、といふ意である。」というのが現在明らかになっている意味として注意される。

　晩年になってこそ「無心」の禅語を漢詩に用いることができた漱石は漢詩に自分の悟道を明確に表出している。そして「無心」とともに「無私」「去私」の境地をある程度得ていた晩年の漱石は、毎日詩に自分の禅の世界を広げたと思われる。漱石は1916年（大正5年）8月14日夜から11月21日までに、長くない期間におよそ七十五首にいたる漢詩を残しているが、その根底には「則天去私」という四字熟語を掲げるまで悟観を表出している。修行をして世俗の妄想を休ませ、絶対境地から得た漱石の禅境であろう。漱石はこういう境地を懇望して

長年の禅修行の経路を表して分別心をなくし、煩悩妄想を超越して「無心」の境に入り、「去私」、「無私」の道をめざして禅の修行精進の結実を得たのではないか、そしてその境地を自分の言葉として「則天去私」と示しているのではないかと思う。

　あるものをあるがまま観ずるのが「則天」の天然自然で、なんらの執着なしにただ観照することで、天然の景物を自然に観ずることができる「則天去私」の大道を解してそれを表現しているのに注目する。

　その根底の言葉として描くことも見ることもできない春風を通じてその道理を悟り、「則天去私」の境地を表わす語としてその修行の進展を見せしめしている。つまり、かつて抱いていた仏教の禅修行を根底にして考えなければならない問題として晩年の漱石は「道」への悟達をおさめて「則天去私」という言葉でその見解を見せているのである。これは「無我是仙郷」、「蓋天蓋地是無心」、「道到無心天自合」等の詩句の表現のように、「小我」を去って尤も大きな「大我」である「天」の命にしたがって「去私」の境界を宣言した漱石特有の思想として受けとることができる。また「会天行道是吾禅」として「則天去私」の根本議になる境地を明かにして示しているので「則天去私」は晩年悟りを得た禅境を一言で表したものであると着目する。

参/考/文/獻

- 夏目漱石(1966)『漱石全集』岩波書店
- 夏目漱石(1994)『漱石全集』岩波書店
- 『日本文学研究資料叢書・夏目漱石』(1982) 有精堂
- 大正新脩大蔵経刊行会(1928)『大正新脩大蔵経』大正新脩大蔵経刊行会
- 小宮豊隆(1953)『夏目漱石』一 岩波書店
- 松岡譲(1934)『漱石先生』「宗教的問答」岩波書店
- 吉川幸次郎(1967)『漱石詩注』岩波新書
- 山田無文(1986)『碧巌録全提唱』第10巻 財団法人禅文化研究所
- 江藤淳(1970)『漱石とその時代』第一部 新潮社
- 江藤淳(1970)『漱石とその時代』第二部 新潮社
- 岡崎義恵(1968)『漱石と則天去私』宝文館出版株式会社
- 三好行雄編(1990)『別冊国文学・夏目漱石事典』学灯社
- 佐古純一郎(1976)『夏目漱石論』審美社
- 村岡勇(1968)『漱石資料—文学論ノート』岩波書店
- 和田利男(1974)『漱石の詩と俳句』めるくまーる社
- 中村元外編(1989)『仏教辭典』岩波書店

索/引

저자 | 진 명 순 (陳明順)

日本東京大正大學 大學院에서 日本近代文學과 佛敎, 禅 연구를 하여 碩士와 博士學位를 取得, 현재 와이즈유(영산대학교) 관광외국어학부 교수로 재직하고 있다. 와이즈유(영산대학교) 국제학부 학부장, 한국일본근대학회 회장, 대한일어일문학회 편집위원장 동아시아 불교문화학회 등등 각 학회의 이사 역임하고 있다. 수상으로는 日韓佛敎 文化學術賞을 비롯하여 国内學会學術賞, 書道 작품 수상 및 書道 敎範資格證(日本)을 취득, 釜山大學校大學院 美術碩士學位 取得, 한국화 전공으로 다수 수상한 바 있으며 불교TV의 「산중대담 뜰앞의 잣나무」, 불교라디오의 「이 한권의 책」 등의 방송 경력이 있다.

주요저서로는 『漱石漢詩と禅の思想』(일한불교문화학술상), 『나쓰메 소세키(夏目漱石)의 선(禅)과 그림(画)』(대한민국 학술원 우수학술도서선정), 『漱石詩の文學思想』, 『夏目漱石の小説世界』, 『일본근현대문학과 애니메이션』, 『문학(文學)과 불교(佛敎)』 등 다수의 저서가 있으며, 논문으로는 「夏目漱石と禅」을 비롯하여 「夏目漱石の 晩年의 佛道」까지 40여 편에 이른다.

夏目漱石の作品研究

초판 인쇄 | 2017년 12월 20일
초판 발행 | 2017년 12월 20일

지 은 이 진명순(陳明順)

책 임 편 집 윤수경

발 행 처 도서출판 지식과교양
등 록 번 호 제2010-19호
주 소 서울시 도봉구 삼양로142길 7-6(쌍문동) 백상 102호
전 화 (02) 900-4520 (대표) / 편집부 (02) 996-0041
팩 스 (02) 996-0043
전 자 우 편 kncbook@hanmail。net

© 진명순(陳明順) 2017 All rights reserved。 Printed in KOREA

ISBN 978-89-6764-106-1 93830   정가 20,000원

* 이 연구는 2017년 영산대학교 교내연구비의 지원을 받아 수행되었음.

저자와 협의하여 인지는 생략합니다. 잘못된 책은 바꾸어 드립니다.
이 책의 무단 전재나 복제 행위는 저작권법 제98조에 따라 처벌받게 됩니다.